徳間文庫

村山早紀

Saki M

徳間書店

目次

プロローグ

風早駅前商店街の、その立派なアーケードの一番奥の辺り。昔の戦争のあと、焼け跡からいち早く復活したいくつかの店の、その中でも特に古い店は、長い歴史を持つお花屋さんでした。その名を千草苑といいます。その昔はたくさんの従業員を抱え、大がかりな造園の仕事までも請け負っていた時期もある大きな花屋でしたが、今は仕事を縮小、花束や鉢物などを売り、なじみの家の庭を手入れする程度の仕事をしています。店の一部を使って品の良いカフェも経営していました。花と光があふれる店内で営業されるその店の名はカフェ千草。街の住民たちに人気の洒落たお店でした。

戦後、ほぼ骨組みしか残らなかった状態から建て直された大きな店舗は、和洋折衷のレトロな雰囲気を持つ天井の高い木造の洋館です。明治時代に設計され建てられたその建物を元の通りに復元したものでした。この風早の駅前の辺りの店舗には、もともと歴史のある建物が多く、一部再開発された辺りに超高層のビルやホテルは建っているものの、昔ながらの街の姿も、住民たちの手によって、大切に保存されているのでした。なので、この千草苑のように、後を継いだ子孫の手によって、いにしえの、平和だった頃の姿に復元された建物もいくつかあるのでした。

遠い昔、敗戦間近の八月にこの街を焼いた大きな空襲の炎で、千草苑は、建物を包み咲き誇っていた見事な木香薔薇（もっこうばら）や蔓（つる）薔薇、庭の金木犀（きんもくせい）とともに燃えあがりました。

——そのとき、炎に追われ逃げ惑う街の人々の中に、不思議な光景を見た人がいたといいます。

まるで洋館を守ろうとするかのように、薔薇の枝と花が揺れ、金木犀の枝が伸び、大きな翼のように建物を包み込み、火からかばっていたのだと。だから、木造の洋館は、その家に住んでいた人々、逃げ遅れた家族を奇跡のように守り抜くことができたのだと。

どこか魔法じみたその日の奇跡を、この街の人々が目撃しても、不思議だ炎の中の幻だ、錯覚だと思わなかったのは、この風早の街が古くから魔法じみた出来事や伝説が多い街だったから。そして、洋館の主である花咲（はなさき）家の人々が、遠い昔から、当たり前の人とはどこか違うとささやかれる、畏怖の対象だったからでした。

この家の人々は魔法を使うと、先祖は神仙やあやかしの血を引くものやも知れぬと、恐れられ、敬われていた、千草苑と呼ばれる建物は、そんな一族の住まう屋敷だったのですから。

それももう昔のこと。いまは平成の時代。

焼け跡の名残はもはやかけらもなく、戦後明るく華やかに復活し、栄えている街の、その復元された洋館に、いまも一族のゆかりの人々は暮らし、花を売っています。そしてあの日、館を猛火から守ろうとしたという薔薇たちに金木犀は、焼け残った根から復活し、いまも季節ごとに花屋の建物の壁を覆い、庭に立ち、光や星のように花を咲かせ、良い香りをさせているのでした。

さて、その摩訶不思議な花咲家の、当代の家族たちは、まずは家業である千草苑の主、木太郎さん。昭和の時代、その若き日にプランツハンターとして世界中を旅したその人は、冒険者の魂は失わないままに、いまは街で花を売り、庭を造り、あるいは樹医として、人と花の幸福のために働いている、かっこいいおじいさんです。

その息子で、学者にして歴史ある風早植物園の広報部長である、草太郎さんは、長身で、一見俳優と見間違えるようなハンサムな五十代、でもちょっとだけオタクで、親父ギャグも好きなおじさまで街の人気者。ついでにいうと、植物園の Twitter 公式アカウントの「中の人」でネット界隈でも有名人だったりします。十数年前に最愛の妻、優音さんに先立たれ、それからは男手ひとつで託された三人の子どもたちを育ててきました。

その三人の子どもたち、長女の茉莉亜は街で評判の美人。高校を出た後、家事をしながら祖父の仕事を手伝ってきましたが、今は花屋に併設されたカフェ千草で美味しいお茶や手作りのお菓子を出しています。最近では花屋の中に新しくできた、地元のFMラジオ局のサテライトスタジオで、週に二日夕方のパーソナリティとしても活躍しています。『風早の聖母』『街の天使』などというあだ名を持つほどに美しい娘なのですが、実はホラー映画や怪奇小説が好きだったりする、ちょっと底知れないところもあるひとでした。

次女のりら子は、理系の高校生。各種ガジェット類が好きなのは、父親に似たのでしょう。黙っていればかわいいのに多少がさつで素っ気なく、いつも強気だけれど、実は人一倍傷つきやすく、優しい少女でした。そんな自分を隠し、強くなろうとして、がんばってきた、それがりら子です。彼女の趣味は植物の力を使って、ひそかに行う人助け。ひそかにそれをしてしまうのは、いたずら好きな性格のせいと、人助けがバレてお礼をいわれたりするとその場から逃げ出したくなるのが自分でわかっているからでした。恥ずかしがり屋で照れ屋なのです。

そして三姉弟の末っ子なのが桂（けい）。本と猫が大好きで、心優しい小学生の男の子です。少しばかり泣き虫で、繊細で弱虫、けれど芯が強い少年です。植物と語り合い、奇跡を起こす力は、まだ芽生えたばかり。学校の友人たちに恵まれて、少しずつ花咲家の血を引くものとしての人生を歩み出したところです。

今回のお話、『花咲家の休日』は、そんな彼らが、ある日ふと出会った、日常の一歩先にある、ちょっと不思議な出来事、夢のような現実のような、そんな事件をまとめた本、となります。

前回に出版された、『花咲家の人々』の一年後の夏の物語。

楽しんでいただけますように。

魔法のコイン

　ある月曜日、月に二度の植物園の休園日の朝のことです。花咲家のお父さん、こと草太郎さんは遅めに起床しました。スマートフォンで軽くメールとニュースのチェックをしながら、部屋着に着替えました。今朝一番で届くように設定していた、植物園のメルマガがちゃんと配信されています。今日のテーマは夏の草木の育て方その一。もうじき夏休み。小学生の子どもたちが夏休みに家に持ち帰る朝顔たちが元気に綺麗に咲くように、育て方のこつをあれこれとまとめてみました。朝顔は本来丈夫な一年草ですが、万が一具合が悪くなったときは植物園に相談してくださいね、と忘れずに書き添えてあります。

　昨夜からつけたままだったエアコンを止め、窓を開けて軽く部屋をかたづけました。七月の空は眩しく青く、入道雲は真っ白に光り、その輝きが目に染みるようで、草太郎さんは苦笑するとすぐに顔を引っ込めました。ネットやガジェット類に、読書が趣味ときては、どうしても夜更かしが当たり前の大人になってしまいます。マントにくるまる吸血鬼のような気分になってお日様に背を向け背中を丸め、レースのカーテンを閉めました。

「日が傾いたら、本屋にでかけましょうかね。この頃忙しかったもので、電子書籍ばかり買っているから、何だか本を買った気がしなくて、物足りない感じがする」

タブレットとスマートフォンを手に、居間に向かいます。家の中はしんとしています。白い猫の小雪がひとりでエアコンの風に当たりながら、座布団の上でうつらうつらしていたので、なでてやりました。この時間、父の木太郎さんは花屋千草苑、長女の茉莉亜は併設されたカフェ「千草」の開店準備をしているのでしょう。住居部分と隣り合った店の方を、草太郎さんは軽く首を伸ばして振り返ります。

テーブルの上に置いてあるステレオのリモコンに手を伸ばそうとして、草太郎さんはおや、と思いました。『ナルニア国物語』の一巻がテーブルの上にあります。第一巻の『ライオンと魔女』のソフトカバー版でした。ひとり息子、小学六年生の桂のものでしょう。去年のクリスマスに、サンタクロースが彼の枕元に置いたものです。ちなみにそのサンタの正体は、次女のりら子でした。電子辞書を持ってきた草太郎さんと1000ピースのパズルを持ってきた茉莉亜と三人で、桂の部屋の前の廊下で真夜中に鉢合わせしたので、知っています。

「あの子にしては、本を置いたままにしているのは珍しいですね」

同じ本好きでも、読みかけのハードカバーの本を逆さまにひらいて畳の上に置いても平気な女子高生、りら子とは違います。桂は神経質なくらいに本を大事にし、カバーが少しずれても丁寧に直すような少年でした。

キッチンでコーヒーを淹れる準備をしながら、ああそういえば、と思い出しました。朝が弱い桂は、遅刻しそうになって、クラスの子どもたちに玄関まで迎えに来て貰うことがあります。今日も朝、玄関先で雀の雛のような声が、聞こえていたのを思い出しました。

仲良しの三人が、玄関先で桂の名前を呼ぶ、その声と、「ほら」「早く行きなさい」と桂を急かす姉たちの声の中、慌てて出かけていく足音が聞こえていたような。

四角いバターを載せ、金色の蜂蜜をかけたトーストにゆで卵、熱いコーヒーがたっぷり入ったマグカップを前に、草太郎さんは手を合わせて〝いただきます〟をいいました。庭の草木の緑は、夏を喜ぶようにうたっています。比喩でも想像でもなく、植物の声が聞こえる草太郎さんは、笑顔でその歌声を聴きました。

昨日だったか、茉莉亜から、この夏、桂は友人たちと遊びに行く約束をいくつもしているらしいと聞きました。塾とスイミングスクールの合間に、子どもたちだけで映画を見に行ったり、花火大会や肝試しに行ったりもするらしいのです。

「楽しそうな夏休みですねえ」

内気で本好き、のんびりしている桂は、子どもの頃、あの年齢だった頃の自分によく似ています。けれど、当時の自分にはあんな風に朝迎えに来てくれたり、夏休みに一緒に遊びに行ったりするような友人たちはいなかったな、と草太郎さんは思いました。

他の子どもたちには聞こえない、植物の声が聞けるということ——そのことに必要以上に怯え、悲愴感を覚えていた子ども時代の草太郎さんは、小学校の高学年になる頃には、クラスメートたちとなるべく距離を置くようにしていました。所詮自分は「普通」ではない存在、ここにいる誰ともわかりあうことなんてできないんだ、なんて。

「まあちょっと悲劇のヒーローみたいな気分だったのかな」

かりかりとトーストの耳をかじりながら、タブレットで朝刊を読みました。あの頃はハヤカワ文庫で超能力者が迫害されるようなSFをよく読んでいたので、そのあたりにも感化されたような気がします。

「まあでもかっこつけてたわりに、成績もそこまでよくはなかったし、運動神経もだめだめだったし、自意識過剰なだけの、ドジで情けない小学生でしたよね」

頭が悪かったわけではないのです。ただ、こつこつ勉強することや、なんらかの努力をすることが面倒に思えるたちでした。好きなことはいわれなくても勉強したけれど、興味の向かないことがらは、世界に存在しないようなそんな扱いをしていました。現実から逃げるように、物語の本を読んでいました。勇者や魔法使いが、心の清らかな主人公たちが活躍する、剣と魔法の世界で、心は生きていました。

昔の自分がかわいらしく思えて、草太郎さんはくすくすと笑い、そしてふと、目をしばたたきました。――いつの間に、今のような、友達が多い、人間好きの明るい性格になったんだったかな。

「ああ、そうか」

畳を立ち上がり、自分の部屋に戻りました。

古いライティングデスクの引き出しを開け、中を探ると、小さなプラスチックの箱を引っ張り出しました。開けると、古びた一枚の銅色の、異国の硬貨が出てきました。手のひらに載せると、金属の匂いが立ち上りました。どこか汗のような血のような匂い。

懐かしい匂いでした。この硬貨を「魔法のコインだよ」と渡してくれた友達と別れてから、気がつくと長い時間が経っていました。あれは小学六年生の頃。

「彼も『ナルニア』好きでしたね……」

学級文庫にあった本を、二人で先を争うように読んだのでした。それから……草太郎さんは、ちょっと目を伏せて笑いました。彼は草太郎さんが、その頃ノートに書いていた小説を読んでくれたのでした。面白い、といって。目を輝かせて。

星野聖也（ほしのせいや）というその少年のことを、物語の主人公のようだと、草太郎さんは思っていました。いつも笑顔で目がきらきらしていて、よく日に焼けた顔に、笑ったとき見える歯が白く、長い足は見た目がかっこいいだけでなく、走るのも速いのでした。成績も良くて、優しくて、クラスのみんなとも仲良くできて。外国を転々として暮らしてきたそうで、日本語がどことなくたどたどしく、でもそんな言葉も彼が話すとなると、詩でも読み上げているように、美しく響くのでした。

　彼はこの春にやってきた転校生でした。春の終わり、連休近くの頃にはもうすっかりクラスに溶け込んでいて、昔からそこにいるようでした。特に女子に受けが良くて、「王子様」なんて影で呼ばれていました。それを聞くたびに、草太郎さんは席で本を読みながら、ひとりでけっと呟いていたのですが。

　誰にでもフレンドリーな転校生の席は草太郎さんの隣でした。教科書がまだそろわない彼のために、机をくっつけて、見せてあげなくてはいけなかったり、うっかり落とした消しゴムを拾って貰ったり。そして、学級文庫で、『ナルニア国ものがたり』を手にしようとすれば、横から手が伸びて先にとられてしまう。それではと『指輪物語』を読もうとしても、わざとじゃないかと思えるほどに、聖也もそちらを読もうとする。それも、草太郎さんに本を譲ろうとして、そうなってしまうので、聖也は聖也で困ったように頭に手をやって笑うのでした。

　めんどくさくなって、もう本を諦めて席に戻っても、振り返るとすぐ横に、にこにこした笑顔があるので、草太郎さんは、いささかうんざりした気分になることもありました。

雨が降り続いて、いつもよりもさらに滅入っていたある日の午後、社会の授業の前の、先生が来るのを待っていたときに、草太郎さんは、呟きました。

「……なんでいつも笑ってるんだよ。何が楽しいっていうんだよ」

独り言だったのか、聞かせようと思って呟いたのか。自分でもわかりませんでした。

でもその声は、隣にいた聖也の耳に届いたようでした。聖也の表情から笑みが消えました。草太郎さんは慌てていいました。

「あ、いや……ごめん。そんなつもりじゃ」

聖也はすぐにいつも通りの笑顔に戻りました。頬杖をついて、いいました。

「そっか。ちょっと笑いすぎかな。自分でもそんな気がしなくはなかったんだよね。ぼく、こっちに来てから、いつも上機嫌だなって」

「……えっとその、機嫌がいいってのは、悪いことじゃないんじゃないの、かな」

「そう？　毎日幸せだなあって、つい思っちゃうんだよね」

「し、幸せなのもいいことじゃない？」

心の中で、ほんの少しだけ、変な奴だなあ、と呆れていました。

「そう思ってくれる？」

「うん。……何が幸せなのかわかんないけど」

聖也は王子様のような笑顔で微笑み、そして、言葉を続けました。

「ここでは誰も死なないでしょう？」

「？」

「ここには戦争がない。戦場から逃げようとして倒れ、飢えて死ぬ者も……」

頬杖をついた聖也の目は、どこか遠いところを見つめているようでした。唇の端が、痛みをこらえているような形に歪みました。

最初はどこか外国の話をしているのかと思いました。日本は太平洋戦争が終わって以来、平和な時代が続いていますが、諸外国に目を向ければ、まだまだ戦乱が続き、自分たちと同世代の子どもたちが傷つき泣いている国や街もあるのです。

その後、ふと思いました。それは花咲家の血がもたらした力なのかも知れないのですが、言葉や想念を超えたところで働く、直感の導きによるもので——聖也は実際に、その目で悲惨な情景を目にし、苦しんだ経験があるのかな、と思ったのでした。

（でもどこで？　いつの話だろう？）

頭の中が、「?」でいっぱいになりました。

と、いたずらっぽい目をした聖也がくるりと振り返りました。「なんてね」

草太郎さんは、ちょっとむっとして、教科書に視線を落としました。

「花咲くん」

「――何だよ?」

「君って、ほんとにいい人だよね」

「え?」

「ほく、君みたいな人、好きだな」

「ええっ?」

「本の趣味も合うし、友達になれそうな気がしてるんだ。わかり合えそうな気がして」

そのとき、先生が教室に入ってきました。なので、草太郎さんは、ノートの端に、『どうして?』と書きました。

『さみしそうだから』さらさらとシャープペンの文字が書き込まれました。王子様のような少年は、癖のある字を書きました。漢字は苦手なのかひらがなばかりでしたが、味のある字でした。

『花咲くんはいつも、自分のことをほんとうにわかってくれる人はどこにもいないって思ってるでしょう？』

草太郎さんは、きゅっと唇を嚙んで、癖のある字をノートに書き殴りました。

『そうだけど、いけない？』

『いけなくない。ぼくもそうだから』

草太郎さんは、はっとしました。見上げると、聖也は楽しそうに笑っています。

そして、書き添えました。

『クラスの子に聞いたんだ。君、植物の言葉がわかるって噂があるんだって？素敵だね。魔法使いみたいだね』


その日の、その会話がきっかけでした。

草太郎さんと聖也はよく言葉を交わすようになりました。そしていつしか気がつくと、ずっと昔からの友達のようになっていました。

ひとつだけ気がかりだったのは、聖也の腕の、袖で隠れるあたりに、古い傷跡が見えたことでした。何かに酷くぶつけた跡のような、皮膚がやっと元通りになったばかりのような、そんな傷跡でした。よく見れば、額の髪の生え際や、首筋にも傷跡がありました。新しい傷やあざが増えていることもありました。

どうしたんだろうと思いながら、聞いてはいけないような気もして、草太郎さんは気づかないふりをしていました。

そして、ある日聖也は、草太郎さんの書いた「小説」を読みました。大学ノートに誰にも内緒で書き綴っていたファンタジー小説を、うっかり机の上に置きっ放しにしていたのを、読まれてしまったのです。

「うわあ、勝手に読むなよ」

真っ赤になってノートを取り返そうとしました。でも聖也は笑って、ノートをひきよせ、

「だめ、まだ途中だから」

といいました。「面白いね、この話」

「そ、そう?」

家族にも誰にも読ませたことがない話でした。つまりはその物語の、世界で最初の、

そしてただひとりの読者が、聖也だったのです。

草太郎さんは、その頃家族――両親のことをほんの少しだけ馬鹿にしていました。一日二十四時間、ひたすら真面目に花屋で働く両親のことをなんとなくつまらなく思っていたのです。

だからそもそも両親に読ませるはずがなく、友人もいなかったので、自分だけの世界で遊んでいたのです。

「面白い」

聖也は深くうなずきました。

「花咲くん、作家になるといいよ」

「えっ。そんなの無理だよ」

「なれるよ、絶対。こんなに面白いんだもん」

聖也は真っ白い歯を見せて笑いました。

大人になった今では草太郎さんは知っています。ノートに書かれていたのは、あれはありふれた冒険物語。小学生の、本が好きな男の子が自分好みの空想を楽しく書き綴っただけの、オリジナリティも何もないような、たわいもない、そんなお話だと。

どこかで見たような喋るライオンに、呪いの力を持つ指輪、そんな世界の中で、草太郎さんそのもののような、植物の声を聞くことができる少年魔法使いソウが活躍する物語でした。

けれど聖也はほんとうに面白がって読んでくれました。続きを読みたがるので、その頃の草太郎さんは毎日、家に帰るとせっせと小説の続きを書いていたものでした。

そんなある日、聖也がいいました。

「ぼくも、このお話の中に入ってみたいなあ」

「入る?」

「うん。……その、登場人物になりたいっていうか。で、魔法使いのソウと一緒に、冒険とかしてみたいんだ」

恥ずかしそうに、笑いました。

「いいよ」草太郎さんも笑いました。

「どんなキャラクターがいい? 出してあげるよ」

聖也の表情が輝きました。

「亡国の王子がいいな」

「えっ。王子様？」

「えへへ。かっこいいかなと思って」

「うん。まあいいんじゃない」

草太郎さんは、ノートの端に、『ボウコクの王子』と書きました。

「亡国、ってことは国が滅びた設定なの？」

「うん。王子はね、隣国に古い王国を攻め滅ぼされて、臣下の魔法使いの手で遠い国へ亡命するんだ。でもね、ある日ついに故郷へ帰り、臣下を率いて戦い抜いて、見事王国を復活させ、世界に平和を取り戻すんだ」

「いいけど、それって大長編じゃない？」

「あ、そうか。――だめ？」

そのときの聖也の表情がほんとうにしゅんとして、しょげて見えたので、草太郎さんは笑っていいました。

「いいよ。大長編にすればいいんだ。じゃあセイヤ王子。君の王国は、いったいどんな国なんだい？」

「ぼくの国は――」

聖也は優しい表情になって、目を細めました。

「ここよりも太陽が少しばかり熱く燃える、日差しが強い国なんだ。大地が乾いていて、砂漠や荒野も多くて。でも緑は濃くて、香りの高い花々も咲き誇る。そんな中に、赤煉瓦(あかれんが)の背の低い建物が綺麗に並んでる。国民は歌と踊りが大好きで、街角でいつも誰かの歌声やステップをふむ音が聞こえてる。それはそれは美しい王国なんだよ」

その言葉をメモしながら、草太郎さんは、聖也は自分でそのお話を書けばいいのに、と思っていました。

そして草太郎さんは、セイヤ王子と魔法使いソウの冒険を毎日ノートに書きました。自分よりもよっぽど想像力も文章力もあるように思えたのです。そして毎朝、聖也にノートを渡し、読んで貰ったのでした。

「こんな風に」

給食を食べながら、草太郎さんはいいました。「冒険ができたら楽しいのにね」

「そうだね」

美味しそうにコッペパンをちぎりながら、聖也は笑いました。

「二人で冒険ができたら楽しいだろうね」

「こんな普通の毎日じゃなく、本の主人公みたいな、ドラマチックな生き方ができればいいのにね」

草太郎さんはため息をつきました。

「ぼく、なんだって現代日本なんかに生まれてきたんだろう。魔法使いがいたり、竜が空を飛んでいるような、剣と魔法の世界に生まれてくれば良かったのに」

そうしたら、自分の持つ、魔法じみた能力を生かして、英雄になれたかも知れません。英雄とまではいかなくても、人目を気にせずに植物たちと話し、その力を自由に使って生きていくことができるのかも。

聖也は何もいわずに、微笑んでいました。

その頃の草太郎さんには、秘密の場所がありました。真奈姫(まなひめ)川の中流の、川原のそばにある小さな林、そこに崩れかけて建っていた、小さな古いアトリエでした。ひとりだけの秘密の場所だったのですが、梅雨の終わりのある日、聖也を連れて行ったのでした。

朝からどんよりと空が暗い日でした。その日、聖也は朝から元気がなかったのです。いつも笑顔で幸せそうな聖也なので、それはとても珍しいことでした。内緒の場所は素敵なところだから、連れて行ったら気が晴れるかなと草太郎さんは思ったのでした。

それは誰が作り、残したものなのかわからない、世界から忘れられたような部屋でした。いつの頃からそこにあるのか、蔦(つた)や葛(くず)や朝顔や、たくさんの植物の緑の波に覆われたその建物は、そこにあると聞かされなければ、なかなか気づかないだろう場所でした。

草太郎さんだって、この川原にひとりで散歩に来た日に、植物たちに呼びとめられたような気がしなければ、たまたま葉の間で光っていたガラス窓に目が向かなければ、きっとこの小屋には気づかなかったのです。

蔓(つる)と葉の間の、割れて汚れた窓ガラスから覗(のぞ)き込むと、がらんとして家具の無い部屋には、水の出ない流しがあるばかり。誰の気配もありません。アトリエだったとわかるのは、描きかけだったり何も描いていなかったりするキャンバスが何枚も置き去りにされていたり、腐ってあちこち抜けている床のところどころに、油絵の具で汚れたあとが残されているからでした。

「ここにいた人どこにいったんだろうね？」

草太郎さんは呟きました。「ぼくはね、プロの画家になって、もっとちゃんとしたところに引っ越していったのかなって思ってるんだけどね」

低い声で、聖也が呟きました。

「死んだんじゃないかな」

「え？」

振り返ると聖也は、床にしゃがみ込み、割れた床を覗き込むようにしていました。あたりには、地面から蔓を伸ばした緑たちが、水がわきだすようにそこからあふれだし、這うように広がっていました。

「それか、絵描きになる夢を諦めて、どこかに帰っていったのかも知れない。夢って、なかなか叶うものじゃないものね」

雨が降り始めました。

草太郎さんは聖也と二人、黙って雨の音を聞いていました。ふと、ささやく声に気づきました。

『……さよならをしたよ』

『……さよなら』

壁と床の割れ目から、中に入り込んでいた定家葛の声でした。ガラスをこすり合わ

せるようなかすかな高い声で、

『……悲しいさよならじゃあなかったよ』

草太郎さんは翼ある小さな妖精のようなかたちをした白い花の群れのそばに腰を下ろし、手をふれました。

するると定家葛は、草太郎さんに、まるで開いたアルバムを手渡すような感じで、たくさんの情景を見せてくれました。どの写真も一瞬で現れ一瞬で消えるので、強い風で頁がめくられていくようだったのですが。それでも、草太郎さんにはわかりました。

「……その頃、ここには大学生のお兄さんが二人いたんだ。大きな絵を描きたかったから、その頃住んでいたアパートではキャンバスが部屋に入りきらなくて、二人でアルバイトしてお金をだしあってこの小屋を借りたんだよ」

草太郎さんは、見えてきたとおりの情景を、言葉にしてゆきました。

「学校を卒業することになって……ひとりのお兄さんはどこか遠い街で、絵のお仕事をするためにここを出ていくことになった。もうひとりのお兄さんは、故郷に帰って、子どもたちに絵を教える先生になることになった。……二人は最後に缶ビールで乾杯をして、そうしてここを出ていったんだ。それ以来、このアトリエを使う人はいなかったみたい……もう古くなったから、このまま取り壊されるのかもね、って、定家葛はいってるよ」

「――植物が？」

「うん。だから、ここにいた人たちは死んだわけじゃないし、夢を諦めてもいないらしいね。

まあ信じるかどうかは君の自由だけどさ」

ふう、と、草太郎さんがため息をつくと、聖也は笑っていいました。「信じるよ」と。

草太郎さんは肩をすくめました。

「ぼくんちの人間は先祖代々こんな感じで、植物と友達なんだよ。ぼくなんかまだ力が弱い方で、たまに緑と会話ができるって程度なんだけど、うちの父さんになると、見る間に種を発芽させたり枯れ木に花を咲かせたりとか、まるで民話の花咲爺みたいなんだよ。

この街の人たちでも、ぼくのうちのこういう力を信じない人の方が増えてきたんだけど、君って珍しいね。

……ああ、でも不気味じゃない？　不思議な力を信じれば信じたで、気味悪がられるのもなれてるんだよね、ぼく」

「不気味じゃないよ」

しっかりとした声で、聖也はいいました。

「前にもいわなかったっけ？　魔法が使えるって素敵なことだよ」

雨は降りしきり、いつしか外は灰色の闇に包まれていました。割れた窓ガラスを叩く雨は、まるでホースから水を吹き付けるようで、部屋の中にもたまに入り込んできます。

「このままここで雨宿りするしかないかなあ……」

草太郎さんは呟きました。けれど同時に、川は増水しないかな、と、そちらが気になりました。これから時間が遅くなり、夕方になり夜になります。暗くなる前に家に帰った方が危なくないし、もしかしたら家で家族が心配しているかも、と思い始めました。

轟々と雨音は響き、雷も鳴り始めました。梅雨末期の大雨です。どれだけ降り続くかわからないなと草太郎さんは思いました。割れた窓の方で跳ねて部屋の中に入ってくる雨水が、ひんやりとからだを濡らしました。

「……迎えが来たんだ」

ふと、聖也がいいました。

聞き取れなかったので、草太郎さんは、

「何が」と訊き返しました。

「故郷の国から迎えが来たから、ぼく、もう帰らなくてはいけないことになった。

さよならなんだよ、花咲くん」


静かに、淡々と、聖也は話しました。それがあまりに静かな声だったので、雨音と風音、雷の音に時々かき消され、よく聞き取れませんでした。

「ぼくね、この世界の人間じゃないんだ」

でもその言葉だけは、はっきりと聞き取れました。

「こんなこと話しても、信じて貰えないかも知れないけれど、ここことは違う次元にある、魔法の国の王子だったんだ。そう、空に竜が羽ばたいて、魔法使いたちが魔法を使うような、そんな世界だよ。ちょうどこの世界の子ども向けのファンタジーの本にあるみたいな、ね。……でも、あるとき、生まれた国が滅びてしまってね。ぼくらは国を亡くした国民を率いて、長くその世界をさすらったんだ。あるとき、兄を残して、ぼくだけこの平和な次元の平和な国へ預けられることになった。ぼくの出自を知らない、善良なこの街の老夫婦のところにね。といっても、ぼくは王子だから、いつかはまた国へ帰ることになっていたんだ。それが当たり前だと思っていた。大きくなって兄のそばで戦いたいと思っていた。そのために日々の剣の稽古もかかさなかったしね。

——でも」

聖也は唇を嚙みしめました。「昨日真夜中に、国から迎えが来たんだ。兄が死んだそうだ。ぼくは帰らなきゃいけない。玉座はなくても、頭に戴く冠がなくても、ぼくが故国の王なんだ。国土を持たない、さすらいの王でも」

物語みたいなことを話すなあ、と草太郎さんは思いました。けれど、降りしきる雨の中、たまに見える稲光や、窓辺でしぶきを上げてきらめく雨の欠片をみながら暗い部屋で聞く言葉は、不思議とリアルで、納得できたのでした。

（ああ、ぼくはこういうのに憧れていたんだ……）

『ナルニア国物語』の雪降る王国へつながる衣装だんすの魔法のように、自分のために用意されていた、特別な冒険の世界への扉。

今がそうなんだ、と思いました。

ついにそのときが来たんだ、と。

割れた窓を背に、聖也は話し続けました。

「ぼくはまだ子どもだけど、王として、国を失った国民のために戦わなくてはいけない。この平和な世界を離れて。そのことの覚悟はできてるつもりだった。その日を待ちわびているつもりだった。なのに、怖いんだ。それに、さみしい。ぼくは王だ。大人たちの中で、友達がひとりもいない世界で、これから先、生きていかなくちゃいけない。まだ子どもなのに、滅びた王国に責任を持って、がんばらなきゃいけない。ねえ、花咲くん。ぼくに、がんばれるだろうか。このぼくに、物語の主人公のように、故国に幸福をもたらすなんてことができるんだろうか」

「大丈夫だよ」

草太郎さんはいいました。心のどこかで、うらやましいなあと思っていました。聖也は女子からのあだ名が王子様だっただけではなく、本当の世継ぎの王子様だったのです。それも異世界の、魔法使いがいるような王国の。

うらやましくさみしく思い、でも、草太郎さんは笑顔でもう一度いっていました。

「大丈夫だよ。君ならできるよ」

この明るい笑顔の賢く優しい友達が、もしそれをできないのなら、誰にだって無理だろうと思っていました。もちろん自分にだって。


「……行かない？」

ささやくような声で、聖也がいいました。

「花咲くん、ぼくと一緒に行かないかい？」

「どこへ？　あ、家に帰ろうっていうこと？」

そうだね、とうなずきかけたとき、聖也は首を横に振りました。薄暗い部屋の中で、澄んだ目がかすかに光るように見えました。

「剣と魔法の世界へ、ぼくの故郷の世界へ、花咲草太郎くん、君も一緒に行かないかい？」


雨は降りしきりました。暗い小屋の中で差し出された手に、自らの手を預ければ、そのときから冒険が始まるのだと、その瞬間、草太郎さんは悟りました。鼓動が激しく打って、息が荒くなり、目が眩みました。

足を踏み出せばいいんだ、と思いました。

そうすれば退屈な日常が終わって、そして、物語の中の世界のような、冒険の日々が始まる。その世界ではきっと、毎朝目がさめるたびに、何が起きるかわからない一日を生きることになるのでしょう。生きるか死ぬかのくりかえしの中でとても怖いめにあったりしながらも、きらきらとした毎日を生きることができるのかも。

けれど――。

草太郎さんは、首を横に振りました。

「ぼくは、行けないよ」

足下で、緑たちがささやいていました。

『行かないで』、と。優しい声で。『さみしくなるよ』

草太郎さんは、そっと蔓や葉をなでました。

そこへ行くということは、何もかも捨てていくことなのだと思いました。いままで自分を包んでいてくれた、優しいものを何もかも。それがどれほど大切なものか、意識したことさえなかったいろんなものたちを。

そんなもの、いつだって捨てられると思っていました。愚直に働くだけの（と見えていた）両親との暮らしも。心を開く相手もいない、小学校での毎日も。面白いことなんて起きやしない、つまらないこの世界も――。でも、ここから切りはなされるかもしれない、と想像するだけで、心が氷の刃で切られたように冷たく痛むのを感じました。

「冗談だよ」

噴き出すように、聖也は笑いました。

「なんだ。真剣に考えちゃったよ」

「ごめんごめん」聖也は本当に楽しそうに笑い、そしてふと、いいました。

「あ、よかったら……ええと、無理だったらいいんだけど、あのお話のノート、ぼくがほしいっていったら怒るかい？」

「お話のノート？」

「王子セイヤと親友の魔法使いソウの冒険が書いてあるノート。あのノートがあれば、ひとりでもがんばれそうな気がするんだ」

「いいよ」

草太郎さんは答えました。肩掛けのバッグからノートを取り出し、渡しました。

聖也は大切そうにノートを受け取り、ありがとう、と、抱きしめるようにしました。

「花咲くんとはたぶんこれでお別れだから、続きが読めなくなっちゃうのが残念だけど。王子セイヤと魔法使いソウの旅はここまでになっちゃうし、王子セイヤは、国を取り戻せないままになっちゃうんだね……」

聖也の声が暗かったので、草太郎さんは明るい声をかぶせるようにいいました。

「物語の続きは、星野くん。君が自分で考えたらいいんだよ。自分で書いていけばいい」

「ぼくにできるかなあ?」

「できるよ、きっと」

ありがとう、と、聖也はうれしそうにほほえみました。

「えっと、またあえるよね?」

何気なく訊ねた質問に、返る言葉はありませんでした。

草太郎さんは、この先、聖也が自分で綴る物語を読めないことが残念だな、と思いました。本物の剣と魔法の世界で綴られる冒険は、自分が描くものなんかより、きっともっとすてきで、もっとリアルな物語となるのでしょう。

「代わりといってはなんだけど……」

聖也の手が自分のズボンのポケットを探りました。何かを取り出して、草太郎さんの手のひらの上に置きました。ひやりとした感触と、金属の匂いがしました。

「魔法のコインだよ」

二つの首を持つ竜の彫刻が入っている、銅色のコインでした。

「いつか君が、ぼくの助けを望むなら、このコインに願って欲しい。気が変わって、こちらの世界に来たいと思ってくれたときも。そのときもしぼくにまだ命があったなら、きっと君にあいに来る。君を迎えに来るから」

夕暮れどきの商店街、書店での買い物の帰りに、草太郎さんはカフェでアイスコーヒーをいただきました。店の軒先の、歩道に張り出した場所に、丸いテーブルがいくつか出されているのですが、そのうちのひとつに腰を下ろしたのです。日が傾いて、少しだけ涼しくなった夏の風があたりを心地よく吹きすぎていました。

草太郎さんは、何冊も買ったいろんな大きさの本を、書店の紙のバッグに入れたま ま隣の席に置いて、ぼんやりと街を見ました。

たくさんの人が通り過ぎていきます。自動車も自転車も、目を上げた先を走る電車も。

聖也はどこに行ってしまったのかなあ、と、思いました。今何をしているのでしょう。元気で——生きているのでしょうか?

星野聖也という少年とは、あの雨の日きり、あうことはありませんでした。

雨降る川原で互いに手を振り合って別れたのです。聖也は川原で、あの壊れかけたアトリエを背に、笑顔で此方を向いて大きく手を振り、草太郎さんはそれに手を振り返し、急いで走って家に帰ったのでした。

その夜遅く、聖也が家に帰ってこないというので、大人たちは騒ぎになりました。預けられていたという親戚の家の人たちを中心に、雨の中、みんながいなくなった少年を捜し、そして少年は見つかりませんでした。

（だって異世界に帰ったんだもの。もうここにはいないよ）

草太郎さんはのんきにそう思いました。そして、彼の親戚だという人たちは、彼が帰ったことを知らないのかなあと首をかしげました。聖也の出自を知らない人々だということだったので、最後まで普通の子として別れたのかなあ、なんて思って納得しました。

やがて、日が経つうちに、聖也は増水した川に落ちてしまったのだろうということになりました。遺体は海に流れてしまったのだろう、と。——けれど同じ頃、こんな噂が流れました。あの子は家出したのだろう、というのです。預けられていた親戚の家で、その家の家族たちから聖也はかわいがられていなかった。どうやら虐待も受けていたようだ、というのです。それを目撃した人もいる、と。

「……嘘だ、とはいえませんでしたねえ」

今、大人になった草太郎さんは、夕暮れの街角を見ながら、少しだけ笑います。

星野聖也は異世界に帰っていったのだと、彼は竜や魔法使いがいる国の、亡国の王子だったのだ、と——そんな風に誰かに話すことが、草太郎さんにはできませんでした。あの雨の日に壊れかけたアトリエで聞いたときは本当だと思えた話も、夏の眩しい日差しの下では、どこかあざとい、作り物の話のようにしか思い出せませんでした。それに、竜が魔法が、王国が、なんて話、大人たちにしたって信じてくれると思えなかったのです。

誰にも話せないまま、ときが経ってゆきました。ときが経つうちに、あの日聞いた王国の物語はただの作り話のように思えてきました。あの日聖也は川に落ちて死んだのかも知れない、いや意地悪な親戚の家を飛び出して、どこか遠くの街ででも暮らしているのかも知れない、と。それがリアルな考え方なのかも知れないな、と。

子どもの頃の、春から梅雨の頃まで、少しだけクラスにいた、「王子様」と呼ばれた転校生のことは、いつしか誰からも忘れられてゆきました。たまのクラス会でも話題になることが少なくなってゆき――。

けれど、草太郎さんの手元には、一枚のコインが残りました。魔法のコインだからと渡された、双頭の翼を持つ竜が刻まれた銅色のコインが。草太郎さんは、そのコインをけっして手放しませんでした。いつも机の中に入れて、何度も手のひらに載せたりしました。

彼を呼ぶことはしませんでした。

「異世界の王子様の助けを求めなきゃいけないような危機に見舞われたことも幸い一度もなかったですしね」

古いコインを手のひらに載せて、夕暮れの街で、草太郎さんは呟きました。

たったひとつ、不思議なことがありました。このコインです。子どもの頃から何度も調べているのですが、この地上のいつの時代の、どの国の硬貨なのか、わからないのでした。ということは、これはこの地上のどこかの国の硬貨ではなく、違う世界のどこかの国の硬貨だということになるのではないのでしょうか。そう考えるのはいささかロマンティックな——あるいは子どもっぽすぎる想像でしょうか。

「大人になったわたしが、今調べてみても、いまだにわからないんですよねえ」

赤く染まってゆく空を見ながら、草太郎さんは思いを馳せます。聖也の帰っていった国でも、砂漠と荒野の世界の上に、こんな夕焼け空が見えるのでしょうか？

「大人になった彼に、あってみたかったですね」

アイスコーヒーの苦みを感じながら、草太郎さんは目を閉じ、氷が鳴る音を聞きました。

子どもの頃、あの頃の王子様のような彼がかっこいいなあと思っていました。あんなふうになりたいと。賢さも優しさも、誰にでもフレンドリーなあの態度も、笑顔も。——いつしか草太郎さんは彼のような少年になってゆきました。意識してそうしたわけではなかったのですが、いつの間にか。まるであの日の不思議な少年を身のうちに抱えたまま成長したように。

そうして、大人になった今の自分を、草太郎さんは気に入っています。

そして思うのです。今の自分なら、あの頃の自分と違って、もっと自然にまっすぐに、聖也と会話できるのかも知れないな、と。

「もう一度……あってみたいですね」

川に落ちて死んだのではなく。どこか知らない街に消えていったのでもなく。遠い異世界に幼い王として立つために帰っていった——そう信じたいと思いました。

いつしか体温であたたまったコインをぎゅっと握りしめて、そう思いました。

そのときでした。紙のコップの中で揺れる氷の音に混じって、緑がささやいたのです。

『来たよ』

『帰ってきたよ』

と。

カフェのテーブルのそばにあった、椰子やゴムの木、オリーブやコニファーの大きな木の鉢や、商店街の植え込みのローズマリーたちが、合唱するように一斉に声を上げました。

『ほら、そこに』

そこに、黄昏れてゆく街の通りの向こう側に、丈高い男の人が立っていました。

砂漠で暮らす人が着るような、白く長い衣装を身にまとい、腰に宝石を鏤めた大きな剣を下げていました。その人は、傍らに見上げるほどに大きな竜を従えていました。金色の目の竜は背に、これも宝石を鏤めた鞍を載せ、口に手綱をくわえていました。目の前の道路には車も通り過ぎ、人もたくさん行き交っている夕暮れどきの雑踏の中で、誰ひとり、彼と竜を振り返る人はありません。魔法なのか、それとも自分の錯覚なのか、どちらだろう、と、草太郎さんは考えました。

こちらを見つめ、自信ありげな笑みを浮かべるその人の、日に焼けたほおには、大きく走る無残な傷跡がありました。けれどその人のどこか人なつっこい、明るい目の表情を、草太郎さんは知っていました。笑みがこぼれる口元の白い歯も。

何よりもそのがっしりとしたからだの胸元には、傷跡だらけの大きな手に、懐かしい古いノートが抱きしめられていたのです。

「ああ、ごめん……ごめんなさい」

椅子から腰を浮かせて、草太郎さんは立ち上がりました。ほおに焦り気味の笑みを浮かべながら。

「大丈夫なんだよ、ぼくは。困ってるわけじゃないんだ。助けを呼んだわけじゃ……。あの、君まさか、国王としての公務とかでとても忙しい状態なのに、わざわざ来てくれたとか、そういうことじゃあないですよね？」

椅子に躓（つまず）きそうになりながら、なんとかその場に立ち、男の人の方を見つめました。たぶん背丈は同じくらいだな、と思いました。あの頃は彼の方が足が長く、見上げるくらいだったのに、今はたぶん、同じくらい……。

男の人はわかった、というように笑顔でうなずくと、こちらに背を向けました。

「あ、待って」

草太郎さんは、飲みかけのアイスコーヒーを手に持ったまま、慌ててそちらに向かおうとしました。

けれど、カフェの椅子もテーブルも、足に引っかかり、なかなか道路までたどり着けません。たどり着いたところで、目の前には車が行き交っていて——そのときには、異世界の彼は、翼ある竜の背にまたがって、空に舞い上がっていました。竜の大きな翼が、歩道のタイルを打ちました。風が巻き起こり、あたりを通り過ぎました。

乗り手の額には夕陽に輝く王冠が——金の輪があり、草太郎さんは立派な王となった友人の姿を、地上から、見上げたのでした。

竜は赤い空を矢のような速度で移動してゆき、やがて、見えなくなりました。

その姿がビルの間に沈みつつある太陽と重なるようになったとき、竜の背の人がこちらを振り返ったようでした。

ふわりと手を上げて、振りました。昔、少年時代の雨の日に、大きく互いの手を振り合って、そして別れたときのように。

草太郎さんも手を振りました。

空に向かって、大きく。ゆったりと。

空の影は見えなくなりました。

やがて、草太郎さんはいいました。
「彼もがんばっているということですね。
わたしもがんばらなきゃいけませんね」
腰に手を当て、残った紙コップのアイスコーヒーをきゅっと飲み干しました。
まわりの緑たちが、楽しげにきゃっきゃっと笑い声を上げました。

時の草原

「半月山(はんげつやま)に、日本狼がいるんだってさ」

夏休みに入ったばかりのある日、桂(けい)の部屋で一緒に宿題をしていた翼(つばさ)が、眼鏡をあげて、ふといいました。

「日本狼は、絶滅したんじゃないの？」

赤いチェックのシャツをお洒落(しゃれ)に着こなした秋生(あきお)が、まさかというように返します。

「昔からあの山のあたりでは、日本狼の目撃例があるんだよ。で、また最近見た人がいるらしいって話がネットに出てたんだ」

「ああ、ネットで話題になってるのは知ってたけど、あれって嘘っぽいんじゃない？」

桂は計算していた手を止めました。胸がどきどきしました。

「あの、半月山で、生き残りの日本狼を見た人がいるってことなの？」

秋生がうなずきました。

「うん。でも単なる噂(うわさ)だぜ？」

翼が振り返っていいました。

「噂かも知れないけどさ、かわいい子狼たちの目撃証言とかもあったんだぜ。山道で草の葉にじゃれながら遊んでた、とかさ」

桂はシャープペンシルを握りしめました。

「あのさ、半月山は、山神様がいるっていわれてる、妙音岳(みょうおんだけ)の足下にあるよね。あのあたりは、神様の庭っていわれてて、昔からあまり街の人間が入っていかないんだ。だから、絶滅した生き物がいても変じゃないって話が、ありはするよね。そもそも狼は、半月山の神社に祀られてるくらいで、風早(かざはや)では大切にされてきたんだ。ほんとにいるのかも」

リリカが、夢見るような瞳で、

「まあ素敵。ロマンティックねえ」

といいました。「ときを超えて生き残っている狼さん。山で遠吠えしたりするのかしら」

桂はその言葉を聞いて、月の光が満ちる山の中で、朗々と遠吠えをする狼の群れを、うっとりと想像しました。

絶滅した動物たちのことを思うと、桂の心はいつも暗くなります。鉄や炎の文明は、鋭い牙も爪も持たない人類を無力な生き物から、強力な地上の王にしましたが、一方で、すべての生き物を無慈悲に殺し尽くすための力も与えることとなったのでした。どれだけ多くの鳥や獣たちが、ときとして面白半分に殺され尽くしたことでしょう。

そして、そのつもりはなかったとしても、人間が自分たちが暮らしやすいようにと野山を切り開き、水の流れを止め、海を埋め立てたことによって、消えていった命もたくさんありました。

そして、いったん絶滅してしまった生き物たちは、もう二度とこの世界に蘇ることはないのです。美しい羽ではばたくことも、つややかな毛並みを輝かせることも。大地を駆け、海原を泳ぐことも。

どんな魔法を使っても、消えていった生き物たちが地球上に蘇ることはありません。そういう生き物たちの姿が描かれた本を手にするたびに、桂は、自分も人間のひとりだということが苦しくなってくるのでした。

翼が、リリカに、

「日本川獺の目撃例もあるらしいよ」

というと、リリカは目を輝かせ、

「アメリカにいたときに、動物園で小爪川獺を見たわ。かわいくてお利口さんなの。日本川獺もきっとあんな感じなのよね」

「子狼とか川獺とかさ、もふってみたいよね」

「うんうん。もふりたーい」

翼とリリカは、きゃっきゃっと盛り上がり、一方で、秋生は、クールにいいました。

「夢がある話でいいけどさあ。ほんとかな。狼も川獺も、日本中で昔から、目撃証言があるけれど、実際にははっきりとした証拠がなくて、絶滅確定、みたいになってるんだし」

リリカが、唇を尖らせました。

「夢がないこといわないでよ」

「俺は現実的な意見を述べてるだけだよ」

「いや、たしかに夢がないと思うね」

翼とリリカが並んで、まるで共同戦線を張るかのように、秋生に向かい合いました。

秋生はむっとしたように、

「大体、半月山なんて、この街の近所みたいなものじゃん。絶滅したっていわれる希少な生き物が、その辺にごろごろいると思うの？」

「『こんなありふれたところにいるはずがない』ってところだからこそ、いたりするんじゃないかな？　ほら灯台もと暗しってやつ」

「新種のお魚や虫とかが発見されたとき、見つけた研究者の人たちって、『まさかこんなところにいたなんて驚きました』って、よくニュースの記者会見の場所でいってない？」

しょうがないなあ、と、桂は思いました。ふと見ると、みんなの前に置いてあった、ジュースの入ったコップやお菓子のお皿が空になっていたので、桂はお盆を手に、おかわりを貰いに、台所に向かいました。

新しい飲み物やお菓子を持って、部屋に帰ってくると、三人がこちらを見て、

「桂も行くよね？」

「桂くん、来るよね？」

「当然だよな」

と、訊きました。

「何が？　どこに？」

リリカが代表するように答えました。

「半月山に行くのよ」

「え？」

翼が腕組みをしてうなずいて、

「自由研究で半月山に行くのはどうかなって思うんだよ。ここからなら、乗り物を乗り継いで麓まで行って、そこからロープウェイですぐ山頂だしさ。日帰り小旅行、小学生の夏休みにはちょうどいいんじゃないかってことで、みんなの意見が一致したんだ」

秋生が、言葉を続けました。

「この二人は、日本狼目当てみたいなんだけど、俺は普通に遠足気分で行くつもりだぜ。山頂には狼を祀った神社があるんだろう？　そこに行って、神社の写真でも撮影して、後で由来を調べてまとめれば、自由研究らしくなると思うんだよね」

「あら」とリリカが秋生を振り返りました。

「もちろん、日本狼を探すのが、この自由研究の一番の目的なのよ?」

はいはい、と、秋生は肩をすくめました。

翼がもう一度桂に訊きました。

「で、桂も行くよね?」

桂は笑顔でうなずきました。

もしかして日本狼に会えるかも知れないと思うと、胸がときめきました。それに、この四人で近場の山に冒険に行くというのは、とても楽しそうなことに思えたのです。

「あ——でも」

桂は、いいよどみました。「あのう、半月山の頂上って、お化けがいるって話もあるけど……それでも行くの?」

「お化け?」

端整な顔を青ざめさせたのは秋生、目を輝かせたのはリリカでした。何やら英語で叫びながら、うたうように、

「なあにその山、日本狼やかわいい川獺がいる他に、お化けまでいるの? ちょっと、素敵すぎるわ。絶対に行きましょうね」

ポニーテールをなびかせて、桂たちを見回しました。

「お化けねえ」ふっと笑ったのは、翼でした。

「ぼくはこの際気にしないことにするよ。夏だし、季節感があっていいんじゃない？」

そう答える言葉の端が少しだけ震えていました。秋生はげっそりした顔をしていましたが、自分を見つめるリリカの視線に気づくと、凛（りん）として顔を上げました。

「俺はそもそも、お化けの存在なんて信じてないしね。無問題って奴だよ。行こうじゃないか」

やっぱり声の端が震えていました。でも、秋生はリリカのことが好きらしいので、ここはひくわけにはいかないのだろうな、と、桂はこっそり笑いながら思いました。

「桂くんは？」

リリカが首をかしげて訊きました。そんなふうにすると小鳥みたいだな、と、桂は思いました。女の子って、ときどき、人間じゃない、もっとかわいい存在に見えるときがあります。

「もちろん行くよ。ちょっと怖いけどね」

頭をかいて、そう答えたのでした。

そして、七月のとある土曜日に、桂たちは半月山に行くことになりました。もちろん準備は入念にすませた後でのことです。比較的行き当たりばったりな性格のリリカ以外、男子三人は、下調べとスケジュールを立てることが好きなメンバーだったので、とても子どもだけの移動とは思えないほどの完璧な小旅行になりそうでした。

桂はお父さんの草太郎（そうたろう）さんからリュックサックや水筒や、タオルに虫除けスプレーを借りました。出がけに姉の茉莉亜（まりあ）が、冷たく冷やしたレモンの塩漬け――塩レモンを持たせてくれました。

「今日は幸いそれほど暑くないけれど、歩いていて喉が渇いたら、塩分はこれでとってね。水分だけじゃ、のどの渇きは止まらないから」

塩をきらきらまぶした、チェダーチーズのクッキーも、みんなでわけなさいね、と、一袋持たせてくれました。わあ、と、友人たちが声を上げたので、桂はちょっと得意でした。

「お弁当はなくても本当に大丈夫？」

少しだけつまらなそうに茉莉亜が訊きました。

「はい」と翼が答えました。

「今の季節、食中毒が怖いですし、ここは外食の方が安全だろうとみんなで判断しました。幸い山頂には食堂があるらしいので」

次の姉のりら子は寝起きのぼさぼさの頭で裏口まで見送りに出てきてくれて、「ほんとに子どもだけで大丈夫？」と、扉に背中で寄りかかって訊きました。徹夜で海外の友人とチャットをしていたそうで、眠そうでした。曇り空から差す日の光に目を細めます。庭や街路樹では、蟬が鳴いていました。

「うん」

電車で十五分、その後大きな駅で私鉄に乗り換えて、また十五分。その後はロープウェイで山頂に行くだけです。山頂にある神社は、境内にうどん屋さんがあるそうで、そこでお昼を食べるつもりでした。一休みして、危なくない範囲で、日本狼を探し、帰りはその逆の道をたどるだけ。四人で確認し合い、時刻表も確認済みなので、大丈夫なはずでした。

桂は笑顔で姉を見上げました。

「ロープレのフィールドを移動するより、よっぽど楽な感じだよ。モンスターとエンカウントすることもないし」

「そのかわり、怪我したら痛いし、死んだら生き返れないけどね」

「縁起でもないこといわないでよ」

桂は口を尖らせました。冗談だと思いながらも、少しだけ怖くなったのです。

「これ今日だけ貸してあげるから」

りら子は自分が使っているスマートフォンを、弟に手渡しました。

「ＰＩＮは今日だけ１２３４にしてあるから。あんた、Android も一通り使えたよね？」

「いいよ、ぼく、iPod 持ってるし」

「それ、Wi－Fiの電波があるところじゃないと通信できないじゃない。山の中で何かあったらどうするのよ？　道に迷ったら大変だし、山の天気は変わりやすいのよ。これバッテリー持つし、防水だから、今日だけ貸してあげる。そのかわり、落としたりなくしたりしたら怒るからね？」

うええと、桂は肩をすくめ、しょうがなく、スマートフォンをリュックのポケットに入れました。

「ぼく、ケータイ持ってますけど」

「俺はiPhone5持ってます」

「わたしも」

翼たちが、それぞれに持っている端末を、りら子に見せました。

りら子はめんどくさそうに、

「そのガラケーは防水だし、バッテリー持ちそうだけど、iPhone二台は雨に濡れたり水没したらアウトだから。小旅行とはいえ、旅先だと何があるかわからないから、念のため、もう一台くらい、連絡できるものを持っていった方がいいと思うの。命綱になるからね。

まあ老婆心がいわせてると思って、女子高生のいうことは聞きなさいな。小学生たち」

言い捨てるようにいうと、眠そうに家の中に帰っていってしまいました。

草太郎さんも、その場にいたのですが、娘を目で見送った後、苦笑していいました。

「りらちゃんのいうことは真っ当じゃあるんですよ。まあ今日だけ借りていけばいいじゃないですか。あの子の使ってる端末はハイスペックだから、万一のとき役に立つだろうし。

お守りとして、ね？」

桂は口を結んで、うなずきました。そもそも、姉の気持ちもわかるし、ここは自分が大人になって、いうとおりにしてあげよう、なんていう風にも思うのでした。

「大雨や嵐は、子どもだけであうと、意外なほど怖いものですからね」

少しだけ遠い目をしたのは、お父さんは、子どもの頃に何か、そういう経験をしたのだろうか、と、桂は思いました。

お父さんは、にっこりと笑いました。

「もし狼に会えたら、りらちゃんのスマホで写真を撮ってきてくださいね」

ひょこっと、おじいちゃん、木太郎（もくたろう）さんが庭の方から顔を覗（のぞ）かせて、いいました。

「狼にあいにいくんだって？」

子どもたちがうなずくと、楽しげに笑って、

「実は、じいちゃんも、昔一度だけ、あの山で狼らしいものにあったことがあるんだよ」

「えっ」

「どこですか？」

「ほんとうに？」

子どもたちは口々に声を上げました。

桂はそんな話を今まで祖父から聞いたことがなかったので、リュックの肩紐を握りしめたまま、黙って祖父を見上げていました。

「神社の裏手に、丘があり、そこに滝と崖があるんだが、そのあたりで見たかなあ」

一瞬、桂は背筋が寒くなりました。そのあたりは、お化けが出ると噂の場所でもあったからです。何でもその滝で昔、どういうわけだか身を投げた若い男の旅人がいたそうで、今もときどき、人魂の姿になって、ふわりと浮かぶというのです。

おじいちゃんは、少しだけ遠い目をして、

「滝は神様のいる世界につながっているという話があって、古いしめ縄が張ってある。そのあたりを、ころころした子狼が駆けていったんだ。黄昏時の話だったけどね。見たんだよ。

声をかけたら、楽しそうに振り返って、そのまま滝の方へ消えていった。野犬だったのかも知れないけどねえ。しっぽの形が、図鑑にある狼に似ていてね。だからじいちゃんの記憶の中では、狼だったということにしてるわけさ。もう何十年も昔の、昭和の時代のことだけれど、君たちもあえるといいね」

おじいちゃんは優しく目を細めていいました。そして、桂、と一言孫の名を呼んで、

「花咲家の力は、神々の力と相性がいいと伝えられている。何かあったとしても、山の草木はみんな、おまえの仲間で友達だ。子どもたちだけの小旅行、油断をしてはいけないけれど、安心して行きなさい」

桂は笑い、深くうなずきました。

そして子どもたちは、互いに、行こう、と声を掛け合って、夏の朝の道を駅に向かったのでした。曇り空からは時折、プリズムのような光が雲間から降りそそぎ、まるでこの小旅行が楽しい時間になることを教えてくれているようでした。

花咲家の人々は、先祖代々、不思議な力を持っています。植物と会話し、見る間に花を咲かせたり、種から生長させることさえできる力。自分が思うままに操ることまでもできる能力——それはまるで、自分が好きなファンタジー小説やゲームに出てく

る魔法使いが持つような力だと、桂は思っています。人によって少しずつ、その持つ力に大小がある能力なのですが、桂は去年の秋の頃から、その力が増していました。今までは、一家の中では、祖父の木太郎さんが一番の能力者だと桂は思っていましたが、いつかは自分も同じくらいにこの「魔法」が使えるようになるのかな、と思うと、知らずに微笑んでいたりもするのでした。小さい頃から病弱で、手にもあまり力はなく、うつむいていることが多かった桂にとって、日々育ってゆく魔法の力は、まるで急に自分が物語の主人公になったように思える、素敵な奇跡で贈り物でした。

友人たちと、商店街の道をうきうきと歩きながら、桂はひそかに思っていました。

(大丈夫)

(もしかして、半月山で何かあっても、ぼくがみんなを守り抜くさ)

山の草木の、そのすべてが、桂の友達なのですから。——そう考えて、ふと笑いました。つい数ヶ月前なら、友達と一緒でも山に行こうなんて考えなかっただろうと。半月山は今までは桂にとって、あまり行きたくない場所のひとつだったのです。

(お化けとか妖怪とか、ぼくはあんまりね……)

でも、この友人たちとだったら、どんな場所にでも行ってみたいと思うのです。

電車から電車へ乗り換えて、少し歩いて、小さな古い商店街の通りを抜けて、ロープウェイ乗り場へ。通りのあちこちにある矢印が書かれた看板を探しながら、いろんな話をしながら歩くうちに、ふと、秋生が近寄ってきて、桂の耳にささやきました。

「……なああいつ、何だか変じゃないか?」

「あいつって?」

「あいつ」

こっそりと、自分の服に隠すようにして、秋生は後ろの方を指さしました。うん?

というように、翼とリリカも集まってきました。

古い小さな商店街は、どことなく昭和めいた感じがします。ガラスのドアの向こうで、お年寄りが腰掛けてお店の人と話したり、小さな子たちがお肉屋さんで揚げたてのコロッケを買ったりしている(よい匂いがしていたので、翼とリリカが早速買いに行って、人数分買って戻ってきました)ような、そんな通りを、「その人」はたしかに違和感がある感じで歩いていたのです。

背が高くて、ほっそりとしたお兄さんでした。大学生くらいでしょうか?「まあハンサム」と、リリカがささやきました。たしかにそうです。色白で優しげで、目元は賢そう。長めの髪を後ろでゆるくひとつに束ねているのも、よく似合っています。口元には微笑みが浮かんでいて、何か楽しいことでもあったのか、軽く浮かれた感じで、道を歩いていました。姿形は日本人のようでもあり、でもどこか見知らぬ異国の人のようでもあり、不思議な感じの人でした。

不思議なのは、その人が着ている洋服もでした。つなぎのような服で、長い足によく似合っていて、かっこいいのですが、うっすらと銀色に光を放っているようなのです。

(なんだか、宇宙人みたいな服だなあ)

桂は思いました。そうしてその人は、同じ素材でできているらしい、大きな箱のような形のバッグを肩から下げているのでした。

何を運ぶためのバッグなのでしょう? そして、どうしても目を引くのが、大きな網を持っていることなのでした。昆虫採集用にしては大きいような、がっしりした網です。

「なんだかきらきらして、CGで描いたみたいな服と鞄だなあ」

翼がいいました。で、と、眼鏡に手を当てて、秋生を振り返ります。

「たしかに変わったお兄さんだけど、かっこいいじゃん。秋生くん、他に何か気になることでも？」

「……さっきからずっと、俺たちと同じルートを移動してるんだ。電車も私鉄も。まるで後をつけてるみたいに」

「え？」

「えええ？」

桂とリリカはその人の方をまっすぐに振り返り、慌てた秋生に、両腕で頭を抱え込まれました。

「馬鹿。見るな。気づいてないふりをしろ」

「どうして？」

桂は訊きました。

「どうしてって、そりゃ、もし悪人だったとき、困るじゃないか」

翼が呆れたように、

「ただの変わった人なんじゃないか？　たまたまぼくたちと行きたい方向が同じだけ

の」

「だって、風早の駅からの電車も、今まで乗ってきた私鉄も一緒だったし、今ロープウェイ乗り場に向かってるのも、一緒だぜ？」

「つまり、あのお兄さんも、ロープウェイに乗りたいってだけのことだろう？」

桂もひそかにうなずきました。今日は土曜日だし、学校がお休みのお兄さんは、半月山に遊びに行くのかも知れません。

「ひとりぼっちで？　怪しく光る服を着て？　大きな網を持って、半月山に？」

「ちょっと趣味が悪くて、個人行動が好きな、昆虫採集が趣味の人かも知れないし。あ、釣りかも。渓流釣り。大きな箱みたいなバッグ持ってるしね。あの巨大な網は、魚釣り用の網なんだよ、きっと」

「なるほど」と、リリカがうなずきました。

「お友達がいない、『ぼっち』なお兄さんなのかも。休日もひとりで魚釣りなのね」

明るい声で酷いことというなあ、と、桂は思いました。

商店街を抜けて、やがて、ロープウェイ乗り場に着きました。お土産物屋さんや小さな食堂がある、古くて小さな三階建てのビルです。ずっと前、二年生のときに桂は遠足でここに来たことがありました。……でも半月神社のお化け話を思い出して気分が悪くなって、ここから家に引き返したことを覚えています。今もあまり丈夫な方ではありませんが、その頃はもっと病弱で、すぐに貧血を起こしたり、お腹を壊したりしていました。

(でも今日は大丈夫だ)

桂はリュックサックの肩紐を両手で軽く握りしめました。

時刻表によると、次にロープウェイが来るのは、十分後のようです。

土産物売り場には、かわいい狼のぬいぐるみや、キーホルダー、お守りにお菓子なんかが売っていました。かわいいものが好きなリリカと翼が、きゃっきゃと騒ぎながら、あれこれ見ているのを、微笑ましく思いながら桂は見守っていたのですが、ついっとそばに来た秋生が、桂に肩をぶつけるようにして、いいました。

「――あいつやっぱり来たな」

秋生の視線をたどると、あの謎の銀色のお兄さんが、相変わらず楽しげな感じで、ビルの中をふらふらと歩いています。

お兄さんは、自動販売機の前に行きました。後ろ姿しか見えませんが、どれを買うか迷っているようです。買い方がわからないようにも見えました。おサイフケータイなのかなと、桂は思いました。おサイフケータイの電子マネーで買おうとすると、手順がどうだったかな、と途方に暮れることもあるものです。

秋生が耳元でささやきました。

「あのさ、俺さっき正解が浮かんだ気がしたんだけどさ」

「正解って何の？」

「あいつの正体」

「え？」

「密猟者じゃないのかなあ。噂の日本狼や、川獺を捕まえに来た。――いや俺はね、狼なんかいると思ってないけどさ。誓って、断然信じてないけどさ。捕まえて高く売って金儲けしようとしてるんじゃないかな」

「えっ」

桂は息を飲みました。

密猟者といえば、保護されている野生動物を、闇に紛れて捕まえたり殺したりしてしまう人たちです。野生動物の中には、角や毛皮、ひれが高く売れるものたちがいて、そういう生き物たちは、密猟者に狙われ、生きながら角を切り落とされて苦しんで死んだり、ひれを切り取られて海に捨てられて、やはり泳げないままに海底に沈んでいったりするのでした。子どもが高く売れるからと、親が殺されて子どもだけさらわれたりする動物たちや、こっそり巣から盗まれる小鳥たちもいます。——そういったニュースやドキュメンタリーの番組をテレビで見るごとに、桂はどんよりとした気持ちになるのでした。もちろん、密猟をする人々だけを単純に悪と切り捨てることはできないと、桂は知っています。お父さんや二人の姉に教えられたり、本や新聞で読んだりもしたからです。背景には今の世界にある富の格差、貧困の問題があります。

（——でも）

高く売れるからと捕らえられ、遠い都会に連れて行かれたり、角やひれを目当てに無残に殺される生き物たちは、やはりかわいそうだと思いました。

「……で、でも、日本狼って、誰が買うのかな?」

「……誰だって買うだろう? 動物園だって、研究所だって。あと、ペットショップとか?」

桂は胃のあたりが重くなるのを感じました。自然の中を駆け巡っているのだろう狼が、そんな目にあうのはかわいそうです。

秋生はひとりうなずいて、顎に手を当て、

「……それか、今どきのことだし、狼を発見しましたって、写真を撮ってネットに上げて、有名になりたい奴なのかもね。それができたら、何しろ絶滅したはずの動物だもの、超有名人になれるかも」

「……密猟じゃなくて、写真撮るくらいならいいんじゃない？」

「……ネットにばらまいたら、世界中からみんな、日本狼を見に来るだろう？　捕まえに来る奴も出てくる。狼の平穏な暮らし——ああもちろんそんなのの存在、俺は断じて、信じてなんかいないんだけどね、平穏な暮らしも、もうおしまいになるよね」

「……ほんとにそんな人、なのかな？」

桂は声を潜めました。

「……じゃないの？　半月山の日本狼の話、しばらく前にTwitterあたりで話題になってたもの。あの網を見ろよ。大きなバッグに捕まえたものを詰めて帰るつもりかも知れない」

「……捕まえたものって？」

「……子狼とか」

「えっ。そんなのかわいそうじゃないか」

「馬鹿、声が大きい」

秋生の手が口を塞ぎました。

桂は目だけで、その人の方を振り返りました。銀色の服のお兄さんは、しょんぼりとした顔で、自動販売機を見つめていました。


待合室のドアのあたりはガラス張りになっていて、外が見えました。草木が茂る山肌の前を、レトロなデザインのロープウェイのゴンドラがゆっくりと移動してきました。ほとんどの部分が透明なガラスでできていて、金属とプラスチックの赤い枠でくるまれています。山に向かって大きく太いロープが張られていて、ゴンドラはそこにつり下げられて、山の上を渡ってゆくのでした。

六人乗りのそのゴンドラには、桂たち四人と、そしてあの怪しい銀色のお兄さんが乗り込みました。エアコンがついていないのか、一歩入ったときには暑いなあと思いましたが、天井には扇風機が回っていましたし、開いている窓から、山の緑と水の匂いがする風が入ってきて、すぐに涼しくなりました。蟬と野鳥の声が、ガラスのゴンドラを包み込むようでした。

六人乗りなので、謎のお兄さんだけ向かい側に誰もいない感じで座席に座りました。お兄さんが乗るときに、長い網と大きなバッグがゴンドラのあちこちに当たりました。なんだか大変そうだったので、桂は思わず手助けをしてしまいました。

お兄さんはそれはそれは嬉しそうな顔をしてお礼をいいました。

「ありがとう、少年よ」

優しい綺麗な声でした。その笑顔は何だか、ボルゾイとかアフガンハウンドとかの大きくて品が良い犬の笑顔のようでした。

秋生が視界の端で、「手伝ってやることないのに」みたいな表情を見せましたが、桂は、その人の声や笑顔が秋生のいうようなことをする人に思えなくて、ふうとため息をつきました。

お兄さんのとなりになった翼がとてもさりげない感じで訊ねました。

「その網で、何か取るんですか？」

お兄さんは、にっこり笑って、一言、

「うん」

と答えました。

「ですからその、何を？」

「うーん、色々かな？」

「色々ですか」

「そう」

あとはただにこにこと笑っています。

秋生が口を尖らせて身を乗り出しました。

「あの、半月山のあたりは国立公園ですから、動物や植物を取ってはいけないことになっています。その網は何に使うんですか？」

「うん。国立公園であることは知ってる。たとえば天然記念物は取らない。そんな悪いことをすれば、おまわりさんにつかまってしまうからね」

お兄さんはまたにこにこと笑います。それは本当に、無害というか、わたしは虫も殺しません、といった感じの柔和な表情でした。

隣にいる秋生を振り返ると、秋生は、

「……なんて怪しい笑顔なんだ」

と、呟きました。

その耳元に、桂は、

「……天然記念物は取らないっていってるよ」

「……馬鹿だな。絶滅したはずの日本狼は、天然記念物には指定されてないじゃないか」

「……あ、そうか」

お兄さんは、今は小さな男の子のように、ゴンドラの外の緑に見とれています。そのきらきらとした目の輝きを見ていると、やはり桂にはこの人が密猟なんてことをする人には思えないのでした。

ゴンドラは二十分くらいで、山の頂上に着きました。もう目の前に、大きくて古い神社と、背後の滝が見えていました。神社のすぐそばに、ロープウェイの駅があり、小さな公園がありました。謎のお兄さんは、桂たちに軽く手を振ると、弾む足取りでゴンドラから降りてゆきました。神社に向かってさくさくと歩いて行きます。境内に茂る木々の間に、その姿は見る間に消えていきました。

桂たちもゴンドラから降りました。滝の水音が、思ったよりも大きく聞こえました。ロープウェイの駅の、待合室の雰囲気は、下の街のものと同じで、土産物屋さんがあったり、自動販売機があったり、テーブルでちょっと何か食べられるようなところもあったりしました。ひとつ違うのは、古いテレビが、高いところにあるテレビ台に置いてあってつけっぱなしになっていたことです。ちょうどローカルニュースが流れていました。天気予報です。

「あれ、降水確率が上がってるね」

翼が眼鏡をかけ直して、テレビの画面を見上げました。桂も画面を見ます。

「あ、ほんとだね……」

一日曇りのはずだったのに、いつの間にやら降水確率が50パーセントまで上がっています。桂は窓の外を見ました。

薄ぼんやりと暗くなっています。これは降るかも知れません。

（一応みんな、折りたたみ傘は持ってきてるけど……）

早めに帰るようにした方がいいのかもな、と思いました。――だけど、それでは日本狼を探せないかも知れません。想像していたよりも、神社のまわりの山は広く、森は深く見えました。

地上の、ロープウェイ乗り場から見上げたときは、山の上の方にちらりと見えた神社はおもちゃのように小さく見えましたし、そのまわりにある鎮守の森も同じ感じだったのです。

でもいざ山の上についてみると、緑の懐に抱かれているように、ここはうっそうとした山の中でした。風が吹き渡り、木々の葉と草を揺らし、蟬の声と小鳥たちの声が、響き渡ります。近くにほとんど人家がないせいもあるのでしょうか。しんとしたここは、たしかに、妙音岳の山の神の庭、と呼ばれてもおかしくはないところのように思えました。

そう、見上げると、この山の真上には、美しい姿をした広大な妙音岳がそびえているのでした。あの山から、山の女神が下りてきて、この緑の森で遊ぶのでしょうか。お伴の狼を神として祀った神社で。

狛犬の代わりのように、一対の狼の石像が、桂たちを迎えてくれました。

ネットの噂で日本狼が騒がれていたのは、少し前のことだそうで、そのせいなのか、今日の神社はそこまで混んではいませんでした。たまに手水(ちょうず)を使っている人を見たり、おみくじを引いたり拝殿を拝んでいたりする人たちとすれ違うくらいです。ロープウェイは赤字にならないのだろうかと桂は心配になりました。

桂たちは拝殿の大きな鈴についた紐を引いて鳴らし、狼が見つかりますように、と、手を合わせて祈りました。拝殿はよく見ると、中に狼の絵が飾ってあるようでした。

そうして桂たちは、手分けしてあたりを探しました。記念に引いてみたおみくじはみんないい感じに大吉で、捜し物は見つかりそうなことが書いてあったので、みんなで張り切って狼のいそうなところを探しました。山の中は、空気が緑のいい匂いに満ちていて、特に桂は、あたたかく優しい誰かの胸に包まれているような気持ちになりました。蟬の声も、滝や川のせせらぎの音も、懐かしい故郷に帰ってきたような気持ちにしてくれます。そんな中を、たまに舞う蝶の姿に歓声を上げたりしながらみんなで狼を探していると、なんだかそれだけで楽しいような気持ちになりました。いつまでもこうしていたいような。秋生だけは、「蚊に刺された、虫除けのスプレーしてくるの忘れた」とたまに文句をいっていたのですが。

狼は見つかりませんでした。川獺も。

一度桂は、心の声で、椿の木に、

『ねえ、狼見たことある？』

と訊ねてみたのですが、

『いぬ？』

『いぬのこと？』

『いぬはかわいいわねえ』

『ふふふ』

と、楽しそうな歌声のような言葉が返ってきただけで、それを聞いていたらしい、周囲の羊歯や蔦たちが、ふふふ、ふふふ、と合唱のように楽しげに笑いだして、まるで会話にならなかったのでした。

桂は緑たちと会話できるようになって、まだそう経ちません。幼い頃から親友やペットのように、緑たちと遊んできた姉たちと、そのあたりは違います。それに感づかれるものか、緑たちは桂が話しかけると、馬鹿にしたり、煙に巻いたりすることもありました。たとえば、今のように。その様子はどこか、『ピーター・パン』のお話に出てくる、妖精、ティンカー・ベルのようでもありました。ピーターには懐いているのに、ウェンディのことは馬鹿にする小さな妖精のような。

桂は、もう、と肩を怒らせました。

（お姉ちゃんたちがここにいれば……）

日本狼がほんとうにここにいるかどうかとか、どこにいるかとか、すぐにわかるんだろうなあ、と思いました。

涼しいとはいえ、夏の山道も神社の石段や石畳も、湿気て苔むしていて、歩くにはちょっと大変でした。特に石段が、石の高さがそろっていなくて、危ない感じでした。

あの怪しい、銀色の服のお兄さんとどこかで遭遇するかも知れないなと思っていたのですが、不思議なくらいに姿を見ることはありませんでした。

お昼頃、作戦会議も兼ねて、境内の外れにあるうどん屋さんでうどんやそばを食べました。その頃には空はいよいよ、泣き出しそうな灰色の雨雲に覆われていて、遠く近くで雷の音が響き始めていました。

翼がきつねうどんの油揚げを噛みながら、ひとつ残念そうなため息をついて、

「今日のところはこの辺で、いったん諦めて、家に帰ることにしない？　この後、一

時半に、下に降りるゴンドラが来るみたいだから、それに乗るといいと思うんだ」

と、みんなの顔を見回して訊きました。

「えー」と声を上げたのはリリカでした。

「だってまだ全然探してないじゃない？」

「雨が降る前に山を降りた方がいいような気がするんだ。大丈夫だと思うけど、もしかして豪雨になったりしてロープウェイが止まったら、街に帰れなくなるよ」

「豪雨にならないかも知れないじゃない？　朝の天気予報じゃあ、今日は一日曇りだって」

リリカはぷうっとほおを膨らませました。

桂は見かねて、なだめるようにいいました。

「佐藤さん、山の天気は変わりやすいんだ。急に天気が崩れて雨が降ったっておかしくはないんだよ。万が一でも、下に降りられなくなったりしたら、神社しかないような山の上で、ぼくら子どもだけでじっと待っていなくちゃいけなくなるよ。夜になったらどうするの？　明るいうちに帰った方がいいよ」

「でも……まだ降ってないじゃない？　あと少しくらい山の上にいてもよくはないか

な」

リリカはしゅんとしたように、目を伏せました。桂にはリリカの気持ちがわかるようでした。同じ気持ちだったからです。まだずっと、子どもだけで遊んでいたい。

でも桂はひとつ息をして、いいました。

「あのね。佐藤さん、ぼくらは男だからいいよ。でも君は女の子でしょう？　危ないことはしちゃいけないと思うんだ」

その一言で、リリカの顔は赤くなりました。きゅっと下唇を噛んで黙り込みます。

（うわあ、白桃みたいなほっぺただなあ）

桂はびっくりして見とれていました。そしてふと、リリカは童話や映画に出てくるお姫様みたいだなあと思ったのでした。

（ええと、そう。可憐、っていうんだろうな）

言葉を思い浮かべてうなずいていると、秋生が、リリカのうしろからポニーテールを引っ張るようにして、いいました。

「暴力女でも女の子、だからな。考慮してやろうっていうんだから、ありがたく……」

思え、とたぶんいおうとしたのでしょうけれど、そのときには、リリカの手に持っていた布のバッグが、秋生の肩をいい感じで直撃していました。ポニーテールをなびかせてそちらを振り返ったリリカは、腰に手を当て、

「まったくなんでいつもあんたは、人の気持ちを逆なでするような発言するのよ？」

いてえ、と肩を押さえる秋生は、でもいうほど痛いわけでもないようでした。

翼が、呆れたように、

「秋生くん、君そのままだと、大人になったとき、セクハラ発言かパワハラ発言のどっちかで事件を起こして糾弾されるよ」

「るせえな。ほっとけ」

「まあとにかく」と、桂は割って入りました。

「日を改めてってことでいいんじゃない？　幸い、近所といえば近所なんだし」

翼も腕組みをしてうなずきました。

「そうそう。近所なんだしさ。またいつでも来られるって。——ねえ、今度は、涼しくなった頃、お弁当に凝ってまたここにくるってのはどうだろう？」

翼はさりげなく付け加えました。今年になってから料理とお菓子作りに目覚めたと

いう翼は、今日も塩をきかせた美味しいうめぼしを何種類も用意してきていて、お店の人に許可を貰って、今もうどんと一緒にみんなで食べているところでした。

「あ、それいいかも」

リリカが笑顔になりました。

「でも、本格的なお弁当なら、わたし、誰にも負けないけどね」

今日もバスケットに本格的なアップルパイを詰め込んできていたリリカでした。アメリカにいた頃は、よくピクニックに行っていたそうです。

「ふっ、甘いぜ」と、秋生がいいました。

「それは俺の台詞(せりふ)だ。見てろ、今度ここに来るときは、重箱入りの超豪華な弁当を作ってきてやる」

秋生は、シングルマザーのお母さんのために、家事のほとんどを上手にこなしていると聞いたことがあります。

にらみ合う二人と、マイペースに再びうどんを食べ始めた翼を見ながら、桂は自分もざるうどんをつゆに浸しました。滝の水で冷やしたという出汁(だし)はとても美味しい味でした。

（これを食べ終わったら、帰った方が良さそうだなあ）

うどん屋さんの開け放たれた扉から見る山の空は、もはや灰色のフェルトのように、どっしりしっとりと、雨を含んだ濁った色になっていたのでした。

昼食も終わり、お店の人にごちそうさまをいって、みんなでうどん屋さんを出ました。そのときにはもう、ぽつぽつと雨が降り始めていました。

翼が、空を見上げながら、

「うん、やっぱり今が帰りどきかもね」

といいました。

桂もその言葉にうなずこうとしたのですが、そのとき、はっとしました。

神社の裏手にある、滝。

そこにころころとした薄茶色の生き物が走ってゆくのが見えたのです。

小さな、子犬のような獣。けれど、しっぽのかたちがおじいちゃんがいっていたように、犬のそれとは違うような気がしました。遠くて良くはわからないけれど。

桂の視線に気づいたのか、他の子たちも、滝の方を振り返りました。秋生が叫びました。

「あ、狼。狼がいた」

そのときにはもう、秋生は滝に向かって走り出していました。

いっぱいに腕を振る後ろ姿と、今叫んだ声の響きで、桂は、ああ秋生も日本狼に会いたかったのだな、と気づきました。

「秋生くん」

背中に声をかけても、振り返る気配もありません。桂たちは顔を見合わせ、そして自分たちも滝を目指して駆け出したのでした。

滝までは、神社から遊歩道のような道が延びていました。川の上を渡り、山肌を登って行く、古い木の手すりのある道です。足下は苔むした石段と石畳なので、急ごうにもたまに滑りました。降り出した雨はだんだん強くなり、ぼたぼたと頭や肩、腕を打ちます。

遠くの方から、少しずつ、雲に反響するように、雷の音が大きく響いてきました。

その音はどこか、怒りを込めた唸り声のようにも聞こえて、桂は、ふと山の神様が怒っているような気がしたのでした。

神様がその懐にかばい、守ってきた大切な狼を狙ってやってきた子どもたちに怒りの声を上げているような気がしたのです。

滝の水音は、その見かけよりもどうどうと大きくて、胸に響くようでした。下に見える滝壺に向かって、まるで天から降る水のように、白と銀に光る水が、まっすぐに降りそそぎます。そのまわりには、緑濃い夏の草木が葉や枝を雨に打たれ、揺れながら、取り巻いていました。

（さっき、子狼を見たのはたしか……）

あの藪（やぶ）のあたりだったかな、それともこちら、と考え考え走っていると、先に立って走っていた秋生が、あっと声を上げました。

「さっきの怪しい奴がいる」

大きな網を持つ、あの銀色のお兄さんが、藪の間から、ひょこっと顔を出したのです。

その網の中には、子狼が……。

桂は、心臓が飛び出るのではないかという速度で、何度もころびそうになりながら走り、そのお兄さんに詰め寄りました。

「その狼、どうするんですか？」

「え、ああ、これは。困ったなあ」

お兄さんは頭に手をやりました。「やっと捕まえたと思って、油断してたなあ」

「ぼくたち、その狼を探しに来たんです。だから、その――」

お兄さんは、いよいよ困ったような顔になりました。

「それをいうなら、ぼくだって、この子狼にあうために、はるばる旅をしてきたわけで」

秋生が叫ぶようにいいました。

「その狼を、高く売ろうとしてるんだろう？」

お兄さんは、驚いたような顔をしました。

網の中でひっくり返った子狼は、我に返ったように、じたばたと暴れ始めました。

そのときになって桂は、子狼がずいぶん痩せていることに気づきました。毛並みも悪いようです。どうやら、前足に怪我もしているようです。

「あ、危ない」

そのとき、子狼が網を乗り越えて、外に出ようとしました。でももんどり打って、滝壺の方へと転がっていきそうになりました。

あっ、と叫んだ秋生が子狼を受け止めようとしました。危うく受け止めたものの、はずみで自分が滝壺の方へ背中から落ちそうになりました。お兄さんは秋生を助けようとしました。肩を摑まえた瞬間、その表情が和らぐのを、桂は見ました。心底ほっとしたような、優しい表情でした。

けれどそれも一瞬のこと。お兄さんは、足を滑らせ、そのまま、秋生や子狼も一緒に、滝壺へと落ちて行きました。あっけなく。まるで映画のように。

「待って」

桂は叫びました。滝のそばの草木、その、雨に濡れた緑の葉と花、枝に手をついて。言葉にして願ったわけではありませんでした。ただ、その瞬間、お兄さんと秋生、子狼の無事だけを一心に願いました。

それだけで、奇跡が起きました。

桂の足下から、ざわざわと音を立てて草木が茂り、渦を巻くように伸び出すと、落ちて行くお兄さんたちを追いかけました。同時に、下の方で滝壺を取り巻くように茂っていた緑たちが、一斉に立ち上がり、枝葉を伸ばして、互いに絡まり合い、まるで緑のクッションがそこに突如として生まれたというように、組み合わさりました。降ってきたお兄さんや秋生の体と一緒に水にばしゃりと沈みながらも、二人と一匹を無事に受け止めたのでした。

滝壺までは、きちんとした道がありませんでした。桂たちは、草木にすがるようにして、時間をかけて、下へと降りて行きました。緑たちは、さりげなく子どもたちを手伝ってくれているようでした。実際、そういった助けがなければ、人では降りられないような、そこは、そんな場所でした。

銀色のお兄さんと秋生は、そのときにはもう水から上がり、咳き込みながら、濡れた体で夏草の上に座り込むようにしていました。秋生は元気でしたが、お兄さんの方は、目眩（めまい）がするというようにうつむいて目を閉じていました。落ちたはずみで左の腕を痛めたのでしょうか、かばうようにしていました。でも無事な方の腕で子狼を優しく抱きしめていました。子狼は驚いたのか、それともその人を信頼してもいいと思ったのか、今はぬいぐるみのようにその人に抱かれていました。その手の表情の優しさに、桂はやはり、この人は悪い人ではないような気がしたのです。

桂たちがそこに降り立つと、お兄さんは、ゆっくりと目を開き、笑顔でいいました。

「魔法みたいだったね」と。

魔法の力で伸びた草木は、そのままの姿で、雨の中、自分を投げ出すようにしてそこにありました。まるで緑の絨毯（じゅうたん）にくるまれているような、そんな様子でお兄さんと秋生は、そこにいたのです。

「これはその、なんていうのか……少なくとも科学の力によるものじゃあないよね。一体何が起きたんだい？　それともぼくは今、夢を見ているのかな？　植物が勝手に動いて、ぼくらの命を助けてくれたっていう、昔の映画みたいな」

「夢なんかじゃないですよ」翼がいいました。

「桂は童話の主人公みたいに魔法が使えるんです。本物の緑の指を持っているので」

胸を張っていいました。桂は照れくさくて、自分の顔が熱くなるのを感じました。

「緑の指か……」

お兄さんは微笑みました。

「そういえば、大昔の子どもの本に、『緑の指』を持つ男の子が主人公のお話があったっけ。植物とお友達で、花を咲かせたりできる……」

桂は少しだけうなずいて、いいました。

「ええと、わりとぼく、そういうものです」

「じゃあ、君がその、緑に頼んでぼくを助けてくれたの？」

お兄さんはきらきらと目を輝かせました。

桂が控えめにうなずくと、お兄さんは「ありがとう」と答え、少し考えてから、みんなを見回していいました。

「ぼくはこれから、この狼を連れて、ぼくのいたところまで帰らなきゃいけない。それがこの子のためだからそうしたいんだけど——君たちも、この子を探してここに来たの？」

桂たちは、互いに顔を見合わせてから、お兄さんに向けて深くうなずきました。

「そうかあ」お兄さんはまた考え込みました。

そのときでした。お兄さんは急に身を屈め、苦しげに唸り声を上げました。子狼がびっくりしたようにそのひざから逃げます。桂は慌てて、子狼を捕まえました。やはり前足に怪我をしているようです。血が固まっているので、少し前に負った傷のようでした。

お兄さんは体を丸め、左腕を自分の体で押さえるようにしました。でもその左腕から、白い煙が上がりました。ごとりと音を立てて肘から先が落ちました。草の上で弾んで転げて見えたその断面に、桂は、そして友人たちは驚きました。――機械だったからです。切断面から、何かの回路が見え、光の線が無数の幾何学模様を描いて走っていました。

桂は、お父さんとりら子がガジェット類を好きな関係で、自分でもそういうものを見慣れていました。インターネットや本で、そういったものを見る機会も多かったのですが、その人の腕だったものの断面には、まるで知らない部品が並んでいるように見えたのです。「それ」はあちこちから火花を散らせ、白い煙を上げていました。

「――この腕は、水と衝撃に弱いものだから」

お兄さんは、肘のあたりを押さえ、やれやれというように苦笑しました。「こりゃ、研究所に帰らないと直せそうにないな」

「ええと」桂は、思わず訊いていました。

「お兄さんはその、ロボットなんですか？」

「いや、ぼくは人間だよ」

お兄さんはいたずらっぽく笑いました。

「ただちょっとだけ未来から来た人間だけどね」

えっ、とみんなが声を上げると、お兄さんは、楽しそうな笑顔で言葉を続けました。

「ぼくのいる未来世界では、地球の状態があまりよくないんだ。長く続いた戦争や天変地異のせいで、生き物が暮らせるような環境ではなくなっているんだ。なんとか少しずつ、再生しようとしているところなんだけどね。だから人間も動物もみんなあまり健康じゃない。でも科学は発達しているから、病気や怪我で手足を失っても、こんなふうに新しいからだのパーツを手に入れることができるんだ」

だから、いいんだよ、とお兄さんは、腕を拾い上げながら、優しい表情で笑いました。

雨は降りしきりました。桂たちはそこにそびえていた、柳(やなぎ)としだれ桜の木の下で雨を避けようとしました。柳と桜は、そっと枝と葉を広げて、桂たちを雨からかばうようにしてくれました。

滝壺から上がる水しぶきと、降りそそぐ雨、重たく垂れ込める雲のせいで、あたりは薄暗くなってきました。まだ暗くなるような時間ではないはずなのに、銀色がかった空気があたりを包み込み、そしてふと気がつくと、ちらほらと灯りが見えました。

緑色の、すうっと線を描くように光る小さな灯り。蛍でした。

「蛍、夜になったって勘違いしたのかな」

桂が笑うと、お兄さんはその光に見とれ、優しい優しい声で、いいました。

「初めてこの目で見たよ、これが蛍なんだね。映像や活字ではその存在を知っていたんだけど、きれいなものだね。まるで緑色の、冷たい炎みたいだ。——ぼくのいる未来の世界では、蛍は、もういないんだよ」

飛び交う蛍の緑色の光に照らされ、そっとその光を見守りながら、お兄さんはいいました。

「ぼくはこの時代からずっと未来の地球で、過去の時代の絶滅した動物たちを野に放ち、見守る仕事と、研究をしているんだ。地球を科学の力で、元の姿に再生させていきつつ、滅びた生きものたちを復活させるプロジェクトの責任者なんだよ」

これでもなかなかえらいんだぜ、と、お兄さんはちょっとだけきざっぽく笑いました。

「ええっと」と、翼が訊き返しました。

「未来から来たということは、その、どうやってでしょうか？」

「よく物語に出てくるだろう？　いわゆる時航機、タイムマシンがあるんだ。この時代のここに、最後の日本狼がいる。この子さ。だからぼくが連れに来たんだ。君たちが今生きているこの時代のこの街には、街の人に交じって暮らしている駐在員がいてね、彼を頼ってやって来たのさ。任務を果たすまで、彼の暮らすホテルの部屋に泊めて貰うことになっているんだよ。でももう今日捕まえちゃったから、あまり長くはいられなかったなあ」

半分休暇のつもりで来たのにね、と、お兄さんは笑いました。この時代の日本が好きで、子どもの頃から興味があったんだよ、ともいいました。だからこの時代の日本語が得意だということも話してくれました。

タイムマシン——その言葉を、桂は口の中で転がしました。そんな一昔前のＳＦの世界のようなものが本当にあるのかなあ、と。お父さんの本棚にそういうものが登場する本がたくさんあったような気がします。

（でもそんなことといったら、花咲家の力だって、童話かお伽話（とぎばなし）みたいなものだし）

そう考えると、手が機械だったり（サイボーグ、というのでしたでしょうか）、未来からタイムマシンに乗ってやって来たお兄さんがいたりしても、変なことではないような気がしました。もしかしたら、世界では、こんな風に不思議な、物語めいた出来事が、ふとしたはずみに起きているのかも知れません。

リリカが子狼を抱き上げ、さみしそうにいいました。

「この子、連れて行っちゃうんですか？」

秋生がちょっと怒ったように、

「そんな、日本狼なんて貴重なもの、過去の世界から勝手に連れて行ったりしてもいいものなんですか？」

翼もうなずきます。「過去の世界の存在を未来に連れて行ってしまうとか、そういうことをしたら、歴史改変のもとになっちゃうとか、そういうことはないんでしょうか？」

お兄さんは、うっすらと微笑みました。少しだけ、悲しそうな目をしていいました。

「この子はね、このままだとこの数日の間に死んでしまう運命なんだ。数日前の真夜中、山道を暴走していた車に、母狼と二匹のきょうだいがはねられて死んでしまった。この子だけ生き残ったんだけど、ほら、右の前足に酷い傷を負ってるだろう？　それにまだ子どもだから、自分だけでは食べ物を採ることができない。飢えて死んでしまうんだ。父さん狼がいたら、育ててくれたのかも知れないけれど、少し前に犬の病気がうつって、死んでしまっているんだ。この子は、本当にひとりぼっちの、最後の日本狼なんだよ。——ぼくらの研究所の仕事はね、絶滅した動物たちの最後の数匹を、なるべく誰にも知られずに、時のはざまから助け出して、はるかな未来に連れて行くことなんだ。本当は死んでしまって、その時代からいなくなるはずの動物たちだから、未来へと連れ去っても、歴史の流れにはそこまで影響はないんだ」

それでも「ぬいぐるみ」を用意して、こっそりすり替えていくこともあるんだけどね、と、お兄さんは笑っていいました。

「未来の地球には、まだまだごく一部の地域だけど、ぼくらが再生させた、澄んだ空気や緑の濃い野原や森、青い海がある地域が存在する。この子も、そしてこの子よりも前に保護した、この子のお父さんやお母さん、きょうだいたちも、研究所で傷を治したら、その未来の野原に連れて行くんだよ」

「じゃあ」桂はその人に訊きました。

「未来のその野原では、その子狼は家族と一緒になれるの？　元気になって、ひとりぼっちにならなくてすむの？」

お兄さんは、笑顔でうなずきました。

桂はみんなの顔を見回しました。

そういうことなら、仕方がないと思いました。同じことをみんなも思ったのでしょう。それぞれにうなずいてくれました。

桂はお兄さんに訊きました。

「未来の地球には、じゃあたくさんの、絶滅したはずの動物たちがいるんですか？」

「そうだよ」お兄さんはうなずきました。

「リョコウバトは長い距離を飛行しているし、ドードー鳥は元気に森を走り回っている。海ではステラーカイギュウがのんびり暮らしてる」

「わあ、すごいなあ」

桂は涙ぐみました。最後の一頭、一羽まで人間のせいで乱獲され、殺され、滅ぼされ尽くした鳥や獣たちが、遠い未来でのびのびと生きているのなら——本当によかった。

「そこは、きっと自然が溢れた、素敵なところなんでしょうね」

おまけに科学も進んでいるらしいし、人間って凄いなあ、と桂は思いました。

「その頃の人類は、どんな暮らしをしてるんでしょうか。科学が進んで幸せな……」

でも、そのとき、お兄さんはいったのです。

「その頃の人類は、実は絶滅すれすれくらいに人口が減っているんだ。だからこそ、動物たちが自由に駆け巡れるだけの自然が地上に再生できた、ともいえるんだけどね」

さみしそうに笑いました。

「何でそんなことに……？」

「ぼくが暮らしている未来の街では、長く続いた戦争と天変地異のために、人類の文明は一度途絶えかけたんだ。それでも残された科学技術があったりもしたから、生き残った人類は、みんなで助け合って暮らしているんだけどね。地上にいくつか残された都市で、肩を寄せ合うようにして暮らしているんだ。——人間のいない場所には、失われた緑や澄んだ水が復活して、それは美しい世界になっているんだけどね」

「それって」リリカが怯えたようにいった。

「お兄さんは未来から来たということは——これから先の未来、地球には酷いことが続くということなんでしょうか？」

お兄さんは目に微笑みを浮かべ、ゆっくりと首を横に振った。

「そうともいえるし、そうじゃないともいえるかな。――みんな、パラレルワールドという言葉を知ってるかい？」

桂たちは互いに顔を見合わせ、それぞれにうなずきました。

「未来に進むための、いろんな選択肢があって、どこをどう進むかによって、遠い未来が変わっていく。そのそれぞれの未来が重なりあって同時に存在している――そんな無数のｉｆの世界の重なりあいのことですよね？」

草太郎お父さんの本棚にたくさんある、少し前の時代のＳＦ小説や漫画にたまにでてくる言葉でした。

お兄さんは、ゆっくりうなずきました。

「ぼくにとってのこの世界の歴史では、人類はそんな風に、自らの愚かさと運のなさから滅びかけてしまう。実際、今――あ、ぼくのいる時代には、という意味だけどね、人類の数はとても減ってしまったから、この先の未来はもう文明を維持できなくて、滅びてしまうかも知れない。タイムマシンは未来へは行けないから、この先の未来がどうなるのかは、ぼくらにはわからないんだけどね。

けれど、今ここにいる君たちにとっての未来は、まだ確定してはいないんだ。君たちは無数の分岐点の前にいる。選んだ道が良い方に進めば、戦争が起きず、天変地異の影響も少なくて、平和なままの社会、文明が滅びない未来の方へと、舵を切れるかも知れない」

お兄さんは、桂たちの顔を見回しました。

穏やかな声なのに、まなざしは熱く、みんなの顔をじいっと見つめていました。言葉にならない思いを、そのまなざしに込めているようでした。

お兄さんは、静かにいいました。

「ぼくの世界の人類は、地球の生き物すべてを道連れにしてしまいそうになるほどの危険を冒したんだ。そしてこの先、人類は地上からいなくなってしまうかも知れない。ぼくらその時代に生きる人間たちはね、今文化を保存することも進めている。ぼくらの手で永遠に消え去りそうになったものを、残された文明の力を使って、少しでも蘇らせ、未来へと残そうとしてるんだ。――もしかしたらそれは、償いの思いがそうさせているのかも知れないね」

蛍の緑色の光が飛ぶ様子は、見ようによっては、小さな人魂のようにも見え、妖精が飛ぶ様子のようにも見えました。

桂たちは、雨宿りをしながら蛍の群れを見ていました。

「ああ、いつか蛍も未来に連れて行きたいなあ」

お兄さんが、静かな声でいいました。

「水場のそばの、広い広い草原や森を、蛍が飛んだら、きれいだろうなあ」


雨に濡れたり、走っている途中で落としたりして、桂の持っていたスマートフォン以外は、みんな駄目になっていました。りら子のいうとおりになったのが、なんだかつまらなくて、でも同時にありがたくて、桂は少しだけ口を尖らせて、姉のPCにあててメールを打ちました。予定していたより少し遅い時間に帰ることになるけれど、みんな無事だと。

やっと雨が上がった頃には、空は夕暮れてきていました。黄昏の光の中で、桂たちは一枚だけ、みんなで記念写真を撮りました。日本狼の子どもも一緒に写ったのですが、リリカにぬいぐるみのように抱っこされている姿は、ただの茶色い子犬にしか見えないのでした。

重装備すぎるくらいに、荷物を完璧に準備してきた桂たちは、タオルやバスタオルもそれぞれに用意してきていて、特に桂はりら子に持たされて二枚も持ってきていたので、一枚を未来人のお兄さんに貸してあげました。

濡れた体を拭きながら、みんなでロープウェイに乗りました。見下ろす山は夕暮れの赤い光に、まるでセロハン越しの風景のように染まって行きました。桂たち子どもたちは、無口でした。疲れているのと、それと、たぶん——と、桂は思いました。お兄さんから聞いた世界のこれからの話が、ショックだったんだろうな、と。

（いくら違う未来を選べるかも、とはいっても……）

選べないことだってあるのでしょう。

そんな中、無邪気に遊ぶ子狼はかわいくて、そのうち疲れてぱたりと眠ってしまう様子もかわいくて——みんな特に言葉を交わさなくても、ゴンドラの床にいるその子の様子を見守っていたのでした。

（未来に行っても、元気でね）

桂はそっと心で話しかけました。

もう二度とあえないのかも知れないけれど、でも、この子狼が遠い未来の草原で、本当なら二度とあえないはずだった、お母さん狼や兄弟たちと一緒に走り回れるのならいいや、と思いました。

本当なら、二度と地上を走れないはずの獣たちや、飛べないはずの鳥たちや、泳げなかったろう海の獣たちが生きている世界——時の彼方の、優しい世界に行くのならば。

桂はゴンドラの座席に座り、ガラス越しの世界を見ながら、ふと思い出しました。

いつだったかに草太郎お父さんがいっていたことを。

「人間は愚かで、間違う存在だ。だけれど、何度でも過去を悔い、自らの間違いに気づき、再び立ち上がり歩き出すこともできる、そんな存在でもある。そうやって、今までの人間の歴史は続いてきたんだ。たくさんの間違いを繰り返し、犠牲を出しながらも、少しずつ、少しずつ、明るい方へ。人が悲しまず、命が尊ばれる世界を目指して。

だからね、桂。人間を嫌いにならないでほしいんだ。もし君がいつか、人間に絶望する日が来ても、けっして、『人間なんて』と投げてしまうことなく、最後まで愛と希望を持っていてほしいと父さんは思っている。なぜって君も、そして父さんも、たとえ不思議な魔法の力を持っているとしても、ひとりの人間なんだからね」

未来人のお兄さんは、よほど疲れたのか、桂が貸してあげたバスタオルを肩にかけたまま、眠ってしまったようでした。静かな呼吸の音に、子どもたちは目配せをして、そっと未来からの旅人の寝顔を見守ったのでした。

死神少女

I'm singing in the rain
Just singing in the rain
What a glorious feeling
I'm happy again

雨降る夜、りら子は、ひとりうたいながら、ひとけのない公園のそばを歩いていました。

塾のテストでかなりのいい点が取れたので、上機嫌な夜でした。夏休みの講習はこれでおしまい。素敵な日々が始まります。

塾の帰り、遅い時間ではありますが、この街の植物すべてが「お友達」であるりら子にとっては、緑がそばにある限り、どこをどう歩いても、自分の家の庭にいるのと同じ気分でした。

夏の夜です。梔(くちなし)の花の甘い匂いが、雨の匂いに混じってあたりに漂っていました。海が近い街なので、たまに夜風に混じって、海の匂いも重く懐かしく漂います。

傘を持っていなかったので、すっかり濡れてしまいましたが、夏ということもあり、気持ちよいくらいでした。むしろ、遅い時間なので、人目を気にせずに、子どもの頃のように、水たまりを踏んだり、髪から落ちる雨の雫を頭を振って散らしたり、しまいには、公園の柵の上を軽く走ったりすることも楽しめました。

濡れた道路が鏡のように光っています。街灯の光と、そしてたまに雲間から覗(のぞ)くきれいな満月の光が、金銀やガラスの欠片のように、闇の中で光るのでした。

植え込みと歩道の境にある金属製の柵は、ほんとうなら雨で滑って、走ることなんて難しいでしょうが、もしそれでりら子が落ちそうになっても、すぐに植え込みの木々や街路樹が、手を――いや枝や葉に、蔓(つる)をさしのべて支えてくれるのでした。木々もそれを楽しんでいるようで、支えるときに、ぽんとはずみをつけて、柵の方へ押し返してくれたりもするのでした。

りら子は、幼いとき、まだ幼稚園に通っていた頃に、お母さんを亡くしました。お父さんやおじいちゃん、姉の茉莉亜(まりあ)、そして近所の唄子(うたこ)さんや商店街の人たちが、たくさんの愛情を与えて守ってくれました。でも、それでもやっぱり、お母さんがいなくなってしまった、というさみしさは、埋まるものではありません。ひとりきりで泣くこともあったりら子を支えてくれたのが、身の回りにあった緑たちでした。その頃のりら子はまだ人間の世界も言葉もあまり知らず、純粋で、そのために、植物たちに差し出された腕に自然に甘え、すがることもできたのでした。朧気にその頃の記憶がありますが、りら子は自分もどこか植物の一種だと思っていたし、植物たちもりら子を自分たちの仲間として、何の境目もなく、受け入れてくれていました。当時のりら子には、植物と人間の区別すら、危ういところがあったのです。むしろ、自分の体と緑たちの枝葉の境目がどこにあるのかすらもわからないようなところがありました。

今はもうりら子はその頃ほどには純粋に植物と戯れることはできません。自分は人間で、植物とは違うということもわかっています。けれど、思うままに植物と意思の疎通を図り、守って貰い、遊ぶことは今も変わりなくできるのでした。

ららら、とうたいながら、夜道を家に向かっていたりら子は、ふと、足を止めました。

屋根の上に、「何か」がいます。商店街の端にある、古い大きな映画館の立派な屋根の上でした。明治の時代に造られた、立派な看板や、鋳物と色ガラスで作られた街灯、レトロなデザインの時計に、時を告げる鐘。そこに、ひとりの少女の姿をしたものが立っていました。遠くてよくわかりませんが、自分くらいの年格好かな、と、りら子は思いました。

人の姿をしているものなのに、「誰か」ではなく、「何か」がいると思ったのは、それが人間にしてはなにかしらありえない感じがしたからでした。

降る雨と、たまに降りそそぐ月の光に照らされて、「それ」は、佇んでいました。黒く長いフード付きのマントを着て、風の音を聞くような表情で、そこにいました。何かを探すように、時折あたりを見回します。そのたびに、フードからはみでた、身の丈ほどに長い二つの三つ編みが、はらりと動くのでした。

(何、あれ?)

りら子は、それを凝視しました。

まあ百歩譲って、高いところに登るのが好きな女の子が、たまたま雨が降る夜更けに、暑苦しそうな黒く長いマントを羽織って、屋根の上にいるということも、あるかも知れません。——が。あの子が手にしているもの、それが異様でした。自分の身長よりも長い、大きな鎌を手にしていたのです。鎌はつやつやと月の光を受けるたびに輝きました。とても切れ味が良さそうです。

（いや、そういう話じゃなく——）

あれはまるで物語に出てくる死神の鎌、それを手にした黒いマント姿の少女は、死神そのもののように見えたのです。

「いや、まさか」

つい、りら子は苦笑していました。

「死神だなんて、そんな非現実的な……」

そのとき、まるでその声が聞こえたというように、屋根の上の少女は振り返り、りら子を見下ろしました。

まさにその瞬間、雲間からはっきりと月光がさして、少女の表情が見えました。月そのもののように白い顔の、二つの目が、りら子をじいっと見つめました。とても驚いたように見えました。とにかく遠くて、はっきりと表情が見えたわけではありません。

けれど——なぜかしら、りら子は、あ、この子知ってる、と思ったのです。いつのことかわからないけれど、この女の子とはあったことがあるし、話もしたことがある。——もしかしたら、友達だったかも、知れない。胸の奥にふいに懐かしい、あたたかい気持ちがよぎりました。切ないような。

りら子は、「あの」と、屋根の上のその子に、思わず声をかけようとしました。

けれど、その次の瞬間、その子の姿は、ふわりと屋根から浮かび上がりました。その背に蝙蝠のような大きな黒い二枚の翼がはえて、そしてその少女は、月明かりとたまに降る雨の銀色の光を浴びながら、街のどこかへ消えていったのでした。

そのあと、りら子は首をかしげながら、家に帰りました。

千草苑もカフェももうとっくに閉まっていて、後片付けも終わっている時間だったので、裏口の住居の方の扉を開けました。姉の茉莉亜がまるで帰宅の時間がわかっていたかのように、はい、と両手にふかふかのバスタオルを抱えて待っていてくれたので、髪や体を拭きながら、屋根の上に立っていた誰かの話をしました。

茉莉亜はあたためたミルクに、チョコレートのリキュールをほんの少し香らせたのを持ってきてくれました。

「もう、そんなに濡れちゃって。風邪引かないようにしなさいよ」

「大丈夫だよ、夏だし。雨、気持ちよかったよ」

　廊下の方から、ひょいと祖父の木太郎（もくたろう）さんが顔を出しました。湯上がりなのか、首にタオルを巻き、寝間着に着替えています。

「お帰り、りら子。風呂あるぞ、入るか？」

「あ、ちょうどよかった。シャワーじゃなくて、たまにはお風呂にしようかな」

「そうそう。こんな日は、体を温めた方がいい。最近、変な夏風邪が流行ってるらしいから、気をつけた方がいいぞ」

「そうよ」と、茉莉亜もうなずきました。

「今年の夏風邪は、インフルエンザみたいに、寒気がして高熱が出て、頭痛も酷くて、関節も相当痛むらしいのよ」

「ふうん。何だか酷い風邪みたいだね」

　そういえば弟の桂（けい）も最近そんな風邪を引いていたっけ、と、思いだしました。

「急に流行りだしたらしいの。今けっこう、街がその話で持ちきりよ。知らなかった？」

「うーん。そういえば、塾でちらっと風邪の話は出てたかな。でも今、夏期講習だから、もともとお休みしてる人も多いし」

風邪のせいで休んでいるのか、夏休みでどこかに旅行に行っているのか、空いた席を見るだけではわかりません。

「まあとにかく、気をつけるよ」

りら子はそういいましたが、内心、自分は馬鹿じゃないから、夏には風邪を引くつもりはないけど、と思っていました。

そのとき、木太郎さんが、タオルで顔の汗を拭いながら、思い出したようにいいました。

「ご神木のしめ縄がはずれたせいじゃないといいんだけどなあ」

「しめ縄？　ご神木？」

口にしてから、そう経たずにりら子は思いあたりました。そのことなら、夏休み前に、学校の友達の間で話題になっていたからです。

市立図書館のそばにある坂道の、その真ん中に立っていた古い木、ご神木が、夏休み前に枯れて、危ないからと切り倒されたのです。

大きな楠で、遠い過去の時代から幾度も戦乱や災害に巻き込まれながらも、そのたびに生き返り、また葉を茂らせてきたという伝説の木でした。この風早の守り神たちが、依り代にしているという木で、木の幹には古いしめ縄が張ってありました。この街を襲う、種種の災厄を、この木が大地に根を張って、押さえつけているその証だという伝説もありました。

「あの木がまさか切り倒されようとは」

苦い表情を浮かべて、木太郎さんはいいました。そうでした。樹医である祖父は、木が弱ったと聞いて、治療を始める約束を市役所の人たちとしたところだったのでした。でもお役所の中で、どう連絡違いがあったものか、木太郎さんが、治療を開始しようとしていた、その前の日に、楠は切り倒されてしまい、病害虫がいたら良くないから、ということで、切り刻まれて焼却炉で燃やされてしまっていたのでした。その幹に張られていた、しめ縄もろともに。

「おじいちゃんはじゃあ、この夏に、変な風邪が流行ってるらしいってのは、そのご神木がなくなって、しめ縄もなくなったからだって思ってるわけ？」

りら子は、呆れて祖父に訊きました。

そんな非現実的なお話、ないに決まっている、と思っていました。

りら子は、自分の持つ能力は、魔法や超能力のようなものではなく、いつかきっと科学の力でその正体が解明されるような、明快な力だと思っていました。

たとえば、同じネコ科の生き物でも、チーターが猫と違って、とんでもない速さで大地を走ったり、燕たちが雀と違って恐ろしい速さで飛んだりすることが、いくら素晴らしくても魔法ではないように。魔法めいた異能のように思えても、その力の謎は、いつか解明されるもの、すなわち科学的な能力だと思っていたのです。

なので、しめ縄だのご神木だの、そういう怪談やオカルトめいたことは今ひとつ信じていませんでした。つけくわえると、神様、という存在もあまり。——昔はその上に、幽霊の存在も信じていなかったのですが、その件に関しては、昨年冬にそれらしい存在と接近遭遇したので、信じてあげてもいいか、と考え始めているところでした。何事も例外というものはあるものですから。

祖父は、重々しい声でいいました。

「江戸時代にも明治にも、この街では悪い病気が流行ったことがある。そのどちらのときも、いたずら半分にあのご神木のしめ縄をはずしたのが原因だったと伝えられているんだよ。悪い空気が、そのせいで街に入り込んだんだとね。それが今度は、ご神木そのものがなくなってしまっている。――だからねえ、りら子。おじいちゃんとしては、今度の病気とご神木は関係ない方が、正直嬉しいかなあという気がするんだよ……」

そういって、祖父はゆらりと首を横に振ると、廊下を戻り、自分の部屋に帰っていきました。

突然に、りら子は屋根の上にいた、黒ずくめの死神のような少女のことを思いだしました。

(まさかあれ、病気になった街の人たちの魂をむかえにきた死神だったりして――？)

想像すると、ぞくっと来ました。

あわてて首を振りました。

(今どきオカルトなんて流行らないよ)

りら子は胸の中で呟きました。

そうして、お風呂に入ってその夜は眠ったのですが……。

（なーんか、熱いお湯に入りたいなあって、ゆうべ妙に思ったよね）

（それほどからだが冷えていたんだね）

翌朝、りら子は布団の中で、熱を出して寝込んでいました。うつらうつらしながら、口にくわえた体温計を見ると、八度五分。次にもう一度見ると、八度七分。そして八度九分。

「あううう」

りら子は目を閉じ、ため息をつきました。

ふだん熱なんか出さないタイプなので、こんな異常事態、そのものに驚いてしまって、この病気の原因は何なのだろうとまともに考えることもできませんでした。

そもそも、姉から聞いたとおりに、この風邪らしき病気は、頭痛に発熱、関節痛に寒気、とひととおり苦しい症状がそろっているので、ただ目を閉じて眠ることくらいしか、今はする気になれなかったのです。

（夏に風邪を引いたってことは——やっぱりわたしは馬鹿な子だったのかなあ）

ちょっとしょんぼりしました。

さっき部屋を覗きに来た弟の桂からは、

「鬼の霍乱（かくらん）って感じがする……あ、ごめん」

とかいわれてしまい、それはそれでむっとしたものなのですが。

（思えば）

りら子はひとりうなずきました。

（昨日の夜の段階で、きっとわたしは、もう風邪を引いてたんだよね。——だからきっと、屋根の上に立つ死神少女なんて、激しくリアリティのない、怪しいものと出会ってしまったんだ）

この寒気と震えから考えて、自分の具合は相当悪そうでした。——きっとゆうべからもう具合が悪く、だからあんな死神なんてものの幻を見たのでしょう。そう、幻覚を。

（ああ、だけど）

目を閉じながら、りら子は思いました。

（なんであの子を懐かしく感じたのかなあ？）

たしかにあったことがあると思いました。

遠い昔に。


桂は友達と遊びに出かけたようです。お父さんの草太郎さんは植物園へ、おじいちゃんの木太郎さんはお花屋さんに、姉の茉莉亜は、併設されたカフェへと、それぞれに職場に出かけてゆく気配がしました。

りら子は、枕元に置かれた水を飲み、そして、ふうとため息をつくと眠ることにしたのでした。塾の夏期講習が昨日までで良かった、と思いながら。

（やれやれ）

寒気とだるさは、思わず眉間にしわがよるほどでした。この風邪で苦しんでいるという、街の他の人たちのことを思いました。自分は若いしふだんは健康だし、強いけれど、それでもこんなに苦しいのです。体の弱い人たちや、小さい子どもや、お年寄りに、この風邪はかわいそうだなあと思いました。

そう思いながら、昔に風邪をこじらせて死んだ自分のお母さんのことを思っていました。そんな悲劇が街のどこかで今回も起こらないといいなあと、祈りたくなりました。

あんな悲しい辛いことは、自分と自分の家族だけで、もう十分だと思いました。

ふと気配に気づいて目を開けました。

枕元に誰かがいます。

二つの長くて黒い紐のようなものが、上からつり下がっていました。

これなんだっけ、と思って無意識のうちに引っ張ると、「痛い」と誰かが声を上げました。

りら子ははっとして、一瞬で目が覚め、布団の上によろよろと起き上がると、「誰か」の方に向き直りました。

あの死神のような少女がいました。

黒いマントに黒い服を着て。

ちゃんと巨大な鎌も片手に持っています。間近で見ると大きくて、座っている彼女が手にしていても、先端が天井に届きそうでした。

「ちょっと、ちょっと待ってあなた、実在の人物だったの？　錯覚とかじゃなくて？」

「えっと、実在してますよ。人物じゃないですけど」

少女は、痛そうに三つ編みの根元のあたりをなでつけていました。泣きそうな目で、

「いくらなんでも、いきなり髪を引っ張らなくったって」

「で、あなたは」

「はい」

「……じゃあマジで死神？」

「一応は」

りら子は、自分でも驚くほどの素早さで、布団の端の方まで一瞬のうちに逃げました。

「ちょっとその、もしかして、わたしはもう寿命が来てるってことなの？」

「いえ」少女は楽しそうに笑って、

「お見舞いに来ただけですよ」

「は？」

りら子はまばたきして、訊き返しました。

「死神が」

「はい」

「お見舞いに来た？」

「はい」

「なんで？」

死神は、にっこりと笑いました。

「心配だったからです。それと懐かしかったから。昨日、ほら、偶然あってしまったから、そうしたら、どうしても、もう一度お話ししたくなってしまって。――りらちゃん、大きくなりましたね。あの頃は幼稚園生で、黄色い帽子かぶって黄色い鞄を持って、かわいい制服着てたのに。まるでひよこみたいだったのに」

そう聞くうちに、思い出しました。

りら子は、人差し指で、少女を指さして、叫びました。

「あーっ、しーさん？　しーさんなの？」

「はあい」

死神はにこにこと笑いました。

「しーさんですよ。やっと思い出してくれましたか？　よかった。忘れられちゃったかと少しだけさみしく思ってたところでしたよ。わたしは年を取らないから、あの頃と見た目はまるで変わっていないはずなのに、気づいてくれないのかな、って」

ほんの十年くらい昔のことなのに、そういって、死神は切なげに笑いました。

りら子は思い出していました。

幼稚園児だった頃、この死神少女がたまに家に遊びに来てくれていたことを。お母さんが病気で死んでしまって、悲しくて泣いていると、いつの間にか、植物たちと一緒にそこにいてくれたことを。話し相手になってくれて、ときどき遊んでもくれたことを。

縁がわでお手玉。それから散歩。

一緒にお昼寝をしてくれたこともありました。子守歌をうたってと頼んだら、歌は知らないととても困った顔をして、そして考え考え、子守歌をうたってくれたのでした。

（あの頃のわたしは、強くなろうとしてたから）

泣き虫で弱かったことで、お母さんを心配させてきたと思っていたから、天国のお母さんが心配しないように、強くなろう、もう泣かないようにしよう、と、幼稚園児なりに心に決めたのでした。

それでも泣きたいことが時にはあったから、家族がいないときに、まわりに人がいないときに、そっと声を殺して泣いていました。そんなとき、見守ってくれたのが、いつの間にかそこにいた、しーさんだったのでした。

しーさんは、自分は「しにがみ」だと名乗りました。けれど、幼かったりら子には、その言葉は難しかったので、しーさん、と呼ぶことになったのでした。

しーさんは、いつまで遊びに来てくれていたのでしょう？　その訪問の最後の頃のことはもう朧気になっていて、記憶にありません。ただ今になってみると、りら子が強く大きくなり、泣かなくなった頃から、しーさんはそばにいなくなったような気がするのです。

さよなら、もうわたしはいなくてもいいわよね、そういって笑顔で、でも少しだけさみしそうにどこかへ帰っていったような。

「……でもちょっと待って」

りら子は、死神に訊きました。

「そもそもなんだって、死神が小さい子の遊び相手になったり、お見舞いに来たりするの？　死神っていうのは……」

「はい。死を告げに来る存在です」

口元にほほえみを浮かべ、けれど笑っていない目で、死神は答えました。

「わたしは実は、あなたのお母さんの魂を迎えに来た死神だったんです」

「えっ？」

「それで病院で永い眠りについたお母さんにしがみついて泣きじゃくるあなたを見て、かわいそうだなって。あなたのお母さんも、あなたを残して天国にいくことをとても気に病んでいたし。あの子は優しいいい子だけれど、その分繊細で傷つきやすい子だから、って」

「母さんが、そんなことを？」

「はい」

死神は優しい表情で微笑みました。「実はわたし、その頃まだ見習いでして。あなたのお母さんの魂を引き取るのが、死神としての最初の仕事だったんです。

そのせいもあって、何かこう、責任も感じちゃって」

「なるほど……」

「わたしは何しろ死神ですから、ほんとうは家族なんていないんですけど、一緒に遊ぶうちに、あなたがほんとの妹みたいな気分になってきちゃったりとか」

そういって、死神は楽しげに笑いました。

「でも、今はもう、りらちゃんは大きくなったから、わたしと見た目の年齢は変わりませんね。ふふ。不思議な感じがします」

死神の黒々とした瞳は、どこか鳥のような爬虫類のような、そんな人とは遠いような表情を持つ瞳でした。けれど、りら子を見つめるその目には、たしかに深い愛情がありました。そして何よりも、たしかにりら子は、その黒い瞳や長い三つ編みを、覚えていたのです。その手に涙を拭いて貰ったことも。そっと肩を撫でて貰ったことも。

あの頃、ちょうど今のように、風邪を引いて熱が高かった夏の夜に、こんなふうに、しーさんが、お見舞いに来てくれたことを思い出しました。

あの日は、お父さんも大事な仕事があって、植物園から帰ってきたと思ったら、また職場に戻っていました。おじいちゃんは急な事情でお客様に呼ばれて、すぐ帰ってくるから、と、家を出ていました。あの夜に限って、お姉ちゃんの茉莉亜も放送局のアルバイトで遠くの街へ出かけていました。ほんのわずかな時間のことでしたが、りら子はひとりだけ布団に寝ていたのです。

「具合が悪かったら、父さんを呼びなさい」そういわれて、草太郎さんの古い携帯電話が枕元に置かれていましたが、りら子は、その電話の方を振り返りもしませんでした。熱が上がってぼうっとしてきても、布団に頭までもぐり込んで、電話の方を見ないようにしていました。一度、お父さんに助けを求めたら、お母さんが死んで以来、強くなろうとがんばってきたことが、みんな無駄になって、壊れてしまうような気がして。

「りらちゃん」

そのとき、月の光が射し込むように、細くて優しい声が、すうっと耳に聞こえました。

布団の隙間から、光が手になったような、冷たくて優しくてすべらかな手が忍び込んできて、頭を撫でてくれました。

「しーさんがお見舞いに来ましたよ。辛かったですね。でももう、大丈夫」

りら子は、布団から顔を出しました。

枕元に、黒い衣装を着た友達が、正座をして座っていました。にっこりと笑いました。

りら子は、黙って涙を流しながら、その膝にすがりました。しーさんは、りら子の頭を撫で、肩や背中を撫でてくれました。そうすると、汗をかいて熱かったからだが、すうっと冷えて、気持ちよくなってくるのでした。

「しーさん」

「はい」

「しーさん、あのね」

「はい」

「ずっとりら子の友達でいてくれる？」

「………」

返事がありませんでした。りら子は、しーさんの顔を見上げました。しーさんの不思議な黒い目は、うっすらと涙ぐんでいるように見えました。

「しーさん、いつかいなくなっちゃうの？」

りら子の目に、新しい涙が盛り上がりました。

「お母さんが死んじゃったみたいに、しーさんもいつか、いなくなっちゃうの？　わたしとお話ししてくれなくなるの？」

りら子は、布団の上にしゃがみこみ、両手を目に当ててすすり泣きました。

「そんなのやだよ。わたし、さみしいよう」

泣いているうちに、心の奥にあった、見ないようにしていた暗い不安が、波のように押し寄せてきて、苦しくなりました。

「しーさんもお父さんも、お姉ちゃんもおじいちゃんも、唄子さんも、幼稚園の先生も、お客様たちも、みんなみんな、いなくなるの？　みんな、死んでしまうの？」

涙が止まらなくて、涙の海で溺れて死んでしまいそうな気がしました。

「しーさん。地球の上にいる人たちは、みんなみんな死んでしまうの？　世界中の人たちはみんな死んでしまって、みんな焼かれて煙になって、消えてしまうの？　二度とあえなくなるの？　会いたいっていっても帰ってきてくれないの？」

そっと、優しい手が、肩に触れました。

見上げると、しーさんが優しい目で、りら子のことを見下ろしていました。

しーさんは、そっとうなずきました。

「わたしは、いなくなったりしません。ずっとずっと、りらちゃんの友達ですよ」

しーさんはひんやりとした腕で、りら子をそっと抱き上げてくれました。そして、白い手を伸ばして、からからと子ども部屋の窓を開けると、

「少しの間だけですからね。りらちゃんの優しい家族が心配しないように」

背中に黒い大きな翼を広げ、りら子を抱いたまま、夜空にふわりと浮き上がりました。

空には大きな満月がかかっていて、薄くたなびく雲の端が、まるで虹のように様々な色を滲ませているのが見えました。

空から見下ろす街の景色が、少しずつ少しずつ、高度を上げ、見える範囲が広がってゆきます。小鳥が空を飛ぶときは、こんな素敵な気分なのかな、とりら子は思いました。夜風は冷たくて、でも、良い材料でこしらえたシャーベットのようにひんやりとここちよく、良い香りがしました。夏の花の、ジャスミンや百合やプルメリア、そんな花々の放つ香りが、風に乗って漂ってきました。一緒にりら子の耳には、花々が

うたう声も聞こえてくるのでした。

「お花さんたち、今がとっても楽しい、楽しいは素敵、ってうたってる」

りら子は呟きました。

「お花もいつかはみんな枯れて死んじゃうのに、どうして楽しいのかなあ？」

しーさんの耳にはその言葉は聞こえていたのかいなかったのか。

やがて彼女は街の上空で、その大きな黒い翼を広げたまま、花の香りの夜風の中で、宙にとどまりました。

りら子は、その腕の中から、はるかな地上を見下ろしました。そこにはまるで図鑑で見た夜光虫のように、無数の灯りが灯り、まるで光で編まれた絨毯のように、きらきらときらめきながら、地の果ての黒くはるかな海へと続いているのでした。

「きれい」

りら子が呟くと、しーさんはいいました。

「きれいですね」

わたしもそう思います、と、しーさんは、優しい声でいいました。

「ねえ、りらちゃん。この灯りは、この街に生きるたくさんの人たちが灯している灯りです。あの灯りひとつひとつのそばには、その家に住む人たちの魂が――心と命がありますいつもはりらちゃんも、あの灯りのひとつのそばにいるんですよ。――でも、あのきれいな灯りは、毎日ほんの数時間しか、きらめくことはできません。いずれ、あの灯りはみんな消えてしまいます」

「うん。電気はおやすみなさいをするときには消してしまうし、徹夜で起きている人たちのおうちでも、朝が来たら消すものね」

「そうです。あの灯りは朝が来るまでのもの。永遠の光ではありません。――でも、あの光の美しさは損なわれるものではありません。いつかは消えてしまう光でも、その美しさには変わりはない、ということです」

しーさんは、すうっと胸の奥に息を吸い込むようにして、そしていいました。

「人の命も同じです。消えてしまうから価値がない、ということにはなりません。きっと。ただ一度のその人生の間、地上で輝く儚くも強い光なのですから」

しーさんの言葉も、しーさんのいいたかったろうことも、そのときのりら子には難しすぎました。

りら子は、ただ、地上の光の波を見下ろしていました。無数の光は、ちらちらとかすかに瞬くようで、あの灯りひとつひとつのそばに誰かがいるということが、どこかしら信じられないような気がしました。――そんなにたくさんの街の人たちが、あの光のそばにいて、そして今、何を考えているのでしょう？　その人たちは、りら子が今、空から自分を見下ろしているということを知りません。けれど、空の上のりら子は、そこにいる無数の人々のことを、空から抱きしめたいような、みんながそこにいるということを知っているよ、と叫びたくなるような、そんな気持ちになりました。

「わたしはいつも」

風が吹きすぎるような声で、しーさんがささやきました。

「こうしてみんなの光を見守っていますから。あなたたちが、不幸に命を終わることがないように。そしていつか命が終わるとき、大切にそれぞれの枕元に迎えに行きます。

地上の光は、そうしてひとつ消えても、またそこに新しい光を灯す誰かが訪れる。その繰り返しで、地上には光の波が現れ続ける。永遠に明るく輝き続ける。それを、しーさんは見ていますから。ずっと」

りら子の目に、いつの間にか涙が浮かびました。それをどう思ったのでしょうか。優しい死神は微笑むと、そっとささやきました。遠い日の記憶の中にあるのと同じ優しい声で。

「その病気は苦しいのかなあ。でも大丈夫ですからね。しーさんが、きっと、すぐに治るようにしてあげます。りらちゃんだけじゃなく、この街で苦しんでいる、ほかの人たちのことも、みーんなしーさんが助けてあげますからね」

りらちゃんは優しい子だから、と、死神はいいました。いつも自分のことよりも、もっと苦しい他の人たちのことを悲しんでいたものね、と。

「でも、もう大丈夫」

死神は巨大な鎌を手に立ち上がりました。

「この流行病はね、ただの風邪ではないのです。大昔にこの街の地下に封じられた、悪い魔物が自由になって、好き勝手暴れているせいで、その魔物が吹かせる悪い風に当てられて、みんな病気になっているんですよ。

でも、今からしーさんが、その魔物をぶちのめして、地獄に連れて行きますから」

「しーさん……」

そんなこと、できるの、と訊こうとしたのが、通じたのでしょう。死神は笑いました。

「この鎌は、命を刈り取るだけが仕事じゃあないんですよ。死神の仕事は、魂をそれぞれにふさわしい場所へ送ること。無事に、送り届けること。位階の低い大昔のかびくさい魔物なんかに、好き勝手されてたまるものですか。かわいい羊を守る牧羊犬のように、しーさんは、戦いますよ。——大きくなった、かわいい妹のためにもね」

死神少女は、長いマントと黒い服を畳の上にひきずるようにしながら、すうっと窓の方に向かって歩いて行きました。長い柄の巨大な鎌を手に、光を孕んだ窓の方へと歩んでゆく後ろ姿は、死神というよりも、何か神々しい存在のように、りら子には見えました。

窓に近づくにつれ、その背中には黒く大きな翼が生えてきて、そして死神は、窓に溶け込むようにからだを染みこませると、ひとつだけはばたきの音を残して、すうっと消えてゆきました。光の中へ。

りら子は、ぱちりと目を開けました。

身を起こし、死神を探しましたが、部屋の中にはその少女の姿はなく、幼い頃の友人がそこにいたという痕跡も、何ひとつ残っていないのでした。

「——夢、だったのかなあ」

りら子は苦笑して、手を額に触れました。

かなりの熱を持っています。倒れるように、布団に横たわりました。

「こんなに具合が悪かったら、夢のひとつやふたつくらい」

死神が見舞いに来るなんて、そんな非現実的なこと、あるわけがありません。

けれどそのとき、りら子ははっとして身を起こしました。勉強机の下についている、古いノートやスケッチブックを立てた棚に頭を突っ込み、床にひざをついて、そこにあるものを手探りで探しました。

「あった——」

幼稚園の頃のスケッチブック。

背中に黒い翼のある、天使のような女の人の絵がそこにありました。

「幼稚園の先生に、天使なのに羽が黒いのね、お洒落(しゃれ)ねっていわれたんだっけ」

りら子は微笑みました。

他の子たちにはおかしいと笑われたのを覚えています。黒い翼なんて、まるで悪魔みたいだと。

でも、りら子にとっての天使は、黒い蝙蝠の翼を持つ少女の姿をしていたのでした。

それからそう経たないうちに、風早の街での、悪い風邪の流行は終わりました。幸い死者が出ることもないうちに、いつの間にやら、沈静化していったのでした。

そして、街に金木犀（きんもくせい）の花の匂いが流れるようになった頃。

夜明けに、気まぐれに散歩に出かけたりら子は、明け方の太陽と、金色に染まった空をかすめるようにして、黒い翼の影がよぎるのを見たような気がしました。

甘い花の香りが漂う街角を、長く黒いマントと蝙蝠の翼をなびかせて。

光の中で、少女は確かに、一瞬だけ振り返り、りら子に笑いかけたような気がしました。

なのでりら子も、また笑顔で、手を大きく振りました。

少女は、まるで大きな燕のように、一瞬で光る空をよぎり、姿を消していったのでした。その翼の起こした風を、ふわりと地上に残して。

金の瞳と王子様

猫の小雪（こゆき）は、一歳になりました。

猫の一歳は人間でいうと高校生くらいの女の子です。名前の通りに白い雪のような毛並みに、金色の瞳をした、美しい猫になりました。

輸入物の赤いコットンでできた首輪は、この家のお姉さん、器用な茉莉亜（まりあ）の手作りで、身動きするごとに、澄んだ金銀の鈴の音がちりん、と鳴ります。この頃ちょっと布がくたびれて古くなってきたので、お姉ちゃん新しいのを作ってくれればいいのにな、と、密かに思っていますが、首輪も鈴も気に入っていました。

小雪はいつも、大好きな桂（けい）のそばにいます。昼間、桂が家にいるときは絶対にその手が届くところにいますし、夜眠るときは、枕の横の、桂の左肩のところに丸くなって、桂の寝息を聞きながら眠ります。

小さい頃、小雪がこのおうちにもらわれてきた時から、ずっとそうしていました。

小雪は、まだ名前をつけてもらう前、ほんの子猫だった頃に、きょうだい猫たちと一緒に、三匹まとめて川に捨てられたことがあります。それまでは、もうほとんど覚えていない、生まれたおうちで、猫のお母さんに育てられていたのですが、去年の秋、そのおうちのひとに、箱に入れられて、どこか草の生えたところに捨てられました。子猫たちは、声を上げて鳴きました。そのときの、寂しかった気持ち、怖かった気持ちを、小雪はいまも覚えています。小さかったあの頃はよくわかっていなかったのですが、いま思えば、小雪は、「捨てられた」ということが悲しかったのです。誰かに「いらない」と思われた、「さよならしたい」と思われたということが。

小雪たちは箱の中で身を寄せ合って震えていました。その箱を、誰か悪いひとが拾い、川に投げたのです。

段ボール箱は、爪を研ぐには便利なものですが、水にはとても弱いので、小雪たちきょうだいは、川の中に沈んでいきそうになりました。小雪は水が怖くて、きょうだいたちと一緒に必死になって立ち上がって、助けを求めて鳴きました。誰か助けて、と鳴きました。（お水は怖いの。濡れるのは嫌。死んでしまう。落ちたら死んでしまうの）

（誰か助けて）

（お水は嫌。お水は嫌いなの）

すると、あの子が、桂が走ってきてくれたのです。ピンクや白の、背が高いお花がジャングルみたいに茂っている中をかき分けて、転びそうになりながら、こちらに手を伸ばしてくれました。

（ああ、あの子、あたしを助けてくれるんだ）

小雪は精一杯の声で鳴きました。

（助けて）と。

秋のお日様の光を受けて、お花と緑に包まれたその男の子は、とてもきれいで、大きくて立派で、素敵なひとに見えました。

その日の出会いがきっかけで、小雪はこの、お花と緑がいっぱいのおうちの猫になることになりました。優しくて素敵な男の子の猫になって、いつもそばにいることができるようになったのです。寂しいことも、怖いことも、不安なことも何もかもなくなりました。

桂は紙を束ねてまとめたもの――「本」をたくさん持っていました。このおうちには、それがたくさんたくさんありましたけれど、自分のための本を、木の箱に入れて、お部屋にたくさん並べていたのです。

最初の頃、小雪は、本が何に使うものかわからなかったので、爪を研ごうとしたことがありました。同じ紙でできているし、匂いはあんまり変わらないので、段ボールとの違いがよくわからなかったのです。でも、桂が慌てて、「これは爪研ぎじゃないよ」といったので、そんな風に覚えることにしました。

桂は本を大切にしていました。「読書」といって、よくお部屋で座ったり寝そべったりしながら、その紙の束を大切そうに広げて、じいっとみていました。

小雪はそんなことをするよりも、自分と遊んだり、自分を撫でてくれたりする方が絶対に楽しいのに、と思ったので、よく「読書」の邪魔をしました。本の上に乗ってみたり、本と桂の間に入り込んで、にゃあにゃあ鳴いてみたりしました。そんなとき桂は笑って、だめだよ、といいながら、小雪をそっとどけたり、抱きしめて膝の上に乗せたりしました。

桂がその紙の束を大切にするその理由が、そのうち小雪にはわかるようになりました。

桂が本に「書いてある」ことを、声に出して読み上げてくれるようになったのです。もちろん、小雪は猫ですし、最初の頃は子猫でしたから、やさしい言葉で読み上げてもらっても、人間の言葉がよくわかりませんでした。実際のところ、一歳になったいまでも、あんまりわかっているとはいえません。

でも、桂が本を広げて、話して聞かせてくれる、子どものための冒険物語やファンタジーは、とても素敵なような気がしました。物語をききながら、桂の膝の上で丸くなり、目を閉じていると、言葉がわからなくても、桂の目に見えている不思議な世界や、胸がわくわくする冒険が、自分の金色の目にも見えてくるような気がしました。一緒にその世界で、旅をしたり、竜（とても大きな生き物のようです。ときどきお外を走る、トラックやバスくらい？）に乗ったり、魔法使いになったり（桂はそのまんまでマホウツカイじゃないのかな、と小雪は思いました）できるような気持ちになりました。

そして、小雪は、桂のことを、「王子様」みたいだな、と思うようになりました。本の世界、お話の世界で、大切で素敵で勇気があってかっこいい男の子のことを、「王子様」というのです。

（じゃあ、桂はあたしの王子様だわ）

ある日小雪はふとそう思い、自分でその考えがとても気に入りました。

小雪が喉を鳴らし、白い頭を自分の王子様にこすりつけると、桂はくすぐったがって笑いました。

小雪は金色の瞳を細め、ずっとずっとこの子のそばにいて、守ってあげたいと思ったのでした。王子様というのは、そう、大切で守ってあげたいひとのことをいうのです。

（あなたはあたしを助けてくれた）

冷たい水に沈んで、死んでしまうところだった、あたしときょうだいたちを助けてくれた。手を伸ばして、助けようとしてくれた。

（そのことを、あたしは一生忘れないからね）

（あたしは、あたしの王子様を守るんだ）

金色の瞳を輝かせて、そっと誓いました。人間には猫の言葉はわからないですし、猫の言葉だと、想いをすべて言い表すには、単語の数が絶対的に足りないので、小雪は心の中だけで、ひとりきりで、大切な誓いをしたのです。——世界中のいろんなおうちで大切にされている猫たちが、たぶんそんな風に、心の中で、同じような神聖な誓いをたてるように。

どこの世界でも、いつの時代でも、猫の一番の願いは、大切なにんげんが幸せであること。そばにいるひとたちが笑顔で、嬉しそうに猫に語りかけてくれること、なのでした。

それはもう何千年も昔、猫が野生の世界で生きることをやめて、にんげんとともに暮らすことを決めたときからの、大切な誓いで約束なのでした。

（あたしたちは、役に立てるの）

猫の二つの光る瞳は、ひとの目には見えないものをみることができました。――そうたとえば、と、小雪は子ども部屋でくつろいでいる、桂のそばで首を巡らせます。

ほら、天井の辺りで、小さな羽を持つ女の子たちが、手を取り合って踊りを踊っています。花びらを綴り合わせたような、透ける愛らしいドレスを着た、あれはこの千草苑に住む、お花の妖精たちでした。紫色のドレスと帽子は、アイリスの妖精。白と薄桃色のドレスは、庭の池に住む、睡蓮の花の妖精。睡蓮の精は早起きなので、夜もそろそろ遅い時間になろうとしているいまは、うつらうつらとして、眠そうにしています。

(ああいうのはいい、動くからつい手を伸ばしそうになるけれど、ほうっておいてもいいの)

問題は、たまに庭の辺りを通り過ぎたりする妖しい者たちでした。

このおうちに住むひとたちは、マホウツカイみたいな、ちょっと不思議な力を持っていて、そのせいなのか、おかしなものたちが引き寄せられてくることもあるのでした。

子ども部屋の、廊下に面した障子は、ところどころの段が、ガラスになっています。そのガラスからは、昼間はお日様の光がいい感じに入ってくるのですが、夜には、月の光と一緒に、妖しい影がすうっと映ったり、近くを通り過ぎていくこともあるのでした。

あるときは、片方だけの足首が、ことんことんことん、と、猫の耳にしか聞こえない足音を立てて、縁側を歩いていたことがありました。また、二つ首があって、全身が鱗で覆われた不気味な鳥が、ふうらりと庭を羽ばたいて、中を覗(のぞ)き込んでいったこともあります。

煙でできたような黒と灰色の人影が、かすかにため息をつきながら、庭を横切っていったこともあります。

そういうことのひとつひとつを、小雪は金色の瞳でいつも見つめていました。そうして、口の奥で、かちかちと牙を鳴らし、かすかな唸り声を上げて、そういうもののけたちに、「くるな」といっていたのです。

（ここはあたしの大事なおうちだから、あんたたちみたいな妖しいものは来ちゃいけないの）

（きたらひどいからね？）

（本気の猫は怖いんだからね？）

小雪がここにいる限り、もののけたちは、家の中へは入れませんでした。昔から、猫というのはそういう存在なのです。

飼い猫はたまに、何もないところをじいっと見つめていることがあったり、誰もいない空間に向かって唸り声を上げていたりすることがあります。そういうとき、猫たちはきっと、小雪のように、「ここに来てはいけない」ものたちから、大切な家族を守っているのです。それが人間に大切にされている猫たちの、昔からの仕事なのでした。科学の力を得る代わりに、自然から切り離され、よく聞こえる耳や見える目を失ったひとの友としてそばにいること――それがひとのそばにいることを選んだ猫たちの、選んだ道なのでした。その代わり、猫たちは屋根のある暖かな場所で暮らし、食べ物をにんげんと分け合い、抱き合って眠る幸せを手に入れたのでした。

そういうわけで、小雪は金色の瞳を輝かせて、いつも桂のそばにいました。大きな耳で、悪いものが桂のそばに近寄らないように、いつも物音を聞いていました。猫は小さな獣だけれど、鋭い爪も、立派な白い牙も持っているのです。何よりも熱い、勇気のある心も。

夏休みの間、小雪は毎日幸せでした。そばにいていちばん守ってあげたい桂が、長い時間安全な家の中にいてくれるからです。好きなだけそのそばに寄り添い、遊んでもらったり、頭や首を撫でてもらえるのも幸せなことでした。

(夏休みって、なんて幸せなのかしら)

夏で嫌なのは、蟬どもがうるさいことくらいでした。朝から鳴き続けるあの声は、猫の耳にはとにかくうるさくて、いつまで経っても慣れません。庭中の木に駆け上って、片端から蟬狩りをしてみたこともあります。食べるとそこそこ美味しかったりもするし、趣味と実益を兼ねたいい狩りだと思ったのですが、この家の子どもたちに受けが悪かったので、最近は仕方なく無視することにしていました。

（そこそこ美味しいけれど、そこまで美味しいってものでもないしね。羽ばっかりで、食べるとこ少ないし。捕まえるとジージーうるさいし。おしっこかけられちゃうし）

小雪は、桂が居間で宿題をしているときも、縁側に置いてある古いラタンのロッキングチェアや、子ども部屋の自分の机やベッドで読書をしているときも、そのそばにいて、香箱を作ったり寝そべったりして、目を細め、満足げに喉を鳴らしていました。

居間の外、縁側のそばに置いてある古い睡蓮鉢には、緑色の布袋葵（ほていあおい）が浮かべてあり、たっぷりとした水の中には、大きな金魚が三匹ほど暮らしています。

涼しい風が庭から吹き込む夕方、桂が縁側で本を読んでいるとき、ロッキングチェアの足下に小雪が座っていると、その金魚たちは、水面に太った体で浮き上がってきて、ぷくぷくと泡を吐きながら笑いました。

『甘えっ子の猫、幸せそうだねえ』

『まったく甘えっ子なんだから』

『もうそんなに大きいくせに、桂ちゃんにべったり』

『おかしいの』

ふん、と、小雪は鼻息を吹き、金魚どもをねめつけました。金魚たちはぷくぷく笑いながら、わざとらしく布袋葵の葉の陰へ逃げていく振りをしましたが、実際のところ、猫の短い足では、自分たちを捕まえるのなんて無理だと、金魚たちにもそして小雪にもわかっているのでした。何しろ、子猫時代に、何回か水に手を突っ込んでみて、そのたびに諦めたことを、猫も金魚も覚えているのですから。

それと、しゃくに障ることに、身の丈は小さいくせに、たかだか魚のくせに、金魚どもの方が小雪よりも年上で、ずっと長くこの家にいるのでした。

無言でむっとしていると、庭の草木や花たちが、くすくすさわさわ、と笑う声が聞こえました。小雪は聞こえない振りをして、とっとと桂のそばに戻ると、ロッキングチェアに飛び上がり、舌で毛繕いを始めました。ついでに桂の半袖から覗いた腕もなめてあげると、くすぐったい、と笑われました。

小雪は少しだけ喉を鳴らして、桂に寄り添い、いい匂いがするラタンに寝そべりました。

(金魚どもも草木も生意気だけど)

(蟬どももうるさいけど)

まあまあいい夏だなあ、と思っていました。

そんなある日のことでした。

友達とどこか遠くに遊びに行っていた桂が、雨に濡れて帰ってきた日があったかと思うと、その次の日辺りから、高い熱を出して寝込むようになりました。

「夏風邪かなあ」

お姉さんたちに布団を敷いてもらった桂は、疲れ切ったような顔で、いいました。

上の姉の茉莉亜が、冷えたタオルを弟のおでこに載せてあげながら、心配そうに、

「この頃、丈夫になって、風邪引いたりしなくなったなって、喜んでたのにねえ」

次の姉のりら子が、隣でうなずきました。

「学校の友達と、よく遊ぶようになったから、今年は日に焼けたし、体力もついてきたな、と思ってたんだけどね。――無理しすぎちゃったのかな」

「うーん。そうかも……」

桂は弱々しく笑いました。

「ぼく、みんなと遊んだり、どこかに行くのが楽しくて、ちょっときついなって思うときも、がんばってたところがあるって自覚してるし。――あのね、いままでぼく、自分に自信が無くて、何もできないって思ってたから、花咲(はなさき)家の力が少しずつ使えるようになってきて、自分がスーパーヒーローになったような、そんな気持ちがしていたのかも知れない」

りら子がうなずきました。

「ああ、それで、日本狼なんて探しに行こうと思ったんだ」

「そうかも。――探せるような気がしたんだ。自分が物語の主人公になったような気がね、ちょっとだけしていたみたいな気がする」

でも、実際見つかったよね、と、桂は少しだけ得意そうに笑いました。

茉莉亜はにこにこ笑って、そうね、といい、りら子は、何を思うのか苦笑して、でも、軽くうなずきました。

桂は姉たちの表情を見て、満足そうな笑みを浮かべ、けれどすぐに、目を閉じて、

「うわあ、目眩(めまい)がする……」

と、枕に頭を埋めるようにしました。

「なんだろう、ずうっとぐらぐらするんだ」

「いつからなの？」

「たぶん……半月山(はんげつやま)から帰った日くらいから……」

「もしかして」と、茉莉亜が細い指を自分の口元に当てるようにしました。

「桂くんったら、山から何か連れてきちゃったんじゃない？」

「『何か』──って？」

弱々しい声で桂が訊き返すのと同時に、りら子が、うんざりしたような表情で、姉を振り返りました。

「お姉ちゃん、あのね……」

茉莉亜は声を潜(ひそ)めつつ、でもどこか楽しげな面持ちで、両手を前にゆらりと突き出し、

「半月山は、ほら、お化け話がたくさんある山だもの。ましてや桂くんは、山頂の神社の、幽霊が出るって噂(うわさ)がある、滝壺まで行ってきたんでしょう？　──きっとどこかでお化けにあって、気づかないままに背中にしょっちゃって、そのまま背負って帰

ってきたのよ」

ばかばかしい、と、腕組みをしたりら子がいいきりました。

「桂は、半月山からお化けをしょってロープウェイに乗って下山したっていうの？　そのまま電車に乗って、バスに乗って、うちに帰ってきたって？」

「うん」

「で、つまりはいまも、そのお化けがここにいると？」

「そう」

素敵な笑顔で、茉莉亜は笑いました。

「そう考えるのって、ちょっと楽しくない？」

「ぜんぜん」

りら子と桂は首を横に振りました。

茉莉亜はつまらなそうに、

「ちょっとぞっとして背筋が寒くなって、エアコンの温度も下げすぎないですむとか、そういうことない？」

「ない」

「生活の中にホラーを採り入れる感じって、ちょっと楽しくない？」

「ないです」

茉莉亜はつまらなそうに口を尖らせて、

「わたしなら、そんな風に想像して楽しむのになあ。ホラー小説みたいで素敵じゃない」

「ぜんっぜん、素敵じゃない」

りら子は、畳を蹴るようにして立ち上がり、隣に座っていた姉の手を引くようにして立ち上がらせました。

「もう、お姉ちゃんたら。弟で遊んでないで、ちょっとは論理的になってよ。単純に考えて、疲れと雨に濡れたせいで、夏風邪引き込んじゃったんでしょう？　ふだんあまり鍛えてないのに、急に山登りなんて健康的なことに挑戦したのが、いけなかったのよ」

桂はふうっとため息をつきました。

「無理、だったのかなあ。ぼくには……」

りら子は、その言葉をひったくるようにして、強くいいました。

「いまはまだちょっと無理だったんじゃないかな？　でも、これから先はわからない」

桂は目を開けて、姉の方を見ました。

りら子は笑って、

「いつか無理じゃなくなるようにがんばればいいよ」

「うん」

桂はうなずき、笑顔で目を閉じました。

りら子はそうして、姉の手を引っ張るようにして、お部屋を出て行ったのでした。

小雪はその様子を、桂のすぐそばで見ていました。茉莉亜が話せば茉莉亜の方を、りら子が話せばりら子の方を、そして、桂が話せば桂の方を振り返るようにしながら。

一度耳を、ぴん、と立てたのは、茉莉亜が、

「あんた、山から何か連れてきちゃったんじゃない？」

といったときでした。

（あたしもそうだと思うの）

小雪はひげを震わせて、そういいたかったのですが、猫がにゃあと鳴いても、にんげんの家族たちには通じないとわかっていました。

なので必死になって、金色の目を見開いて、目で訴えようとしたのですが——悲しいかな、何も通じなかったようでした。

小雪はうなだれて、畳を見ました。

(山へのピクニックから帰ってきてから、あたしの王子様、何か変なの……)

狼を探しに山に行ったあの日から、何か肩の辺りが重そうに見えるのです。

重いものを背負って暮らしていて、だから息をするのも苦しいような——そんな感じがするのです。

(それに、変な臭いがする)

にんげんたちは、気づかないのでしょうか？　ここ数日、桂が山から帰ってきてからというもの、子ども部屋の中に、何か、焦げたような腐ったような臭いが、ずっと漂っているような気がするのです。

(何だろう、この臭い。嫌な臭い——)

小雪は、お部屋の中で首を巡らせました。

鼻をひくひくと動かしながら、お部屋の中をゆっくりと探し始めました。長く水平に伸ばしたしっぽの先を、ものを考えているときの証拠のように、たまにゆらゆらと動かしながら。

ふと、その目が、勉強机の椅子にかけられたままになっているリュックサックの方に向きました。このリュックは本当はお父さんである草太郎さんのリュックなのですが、雨に濡らしてしまったために、よく乾かしてきれいにしてから、返すことになったのだと、小雪は聞いて知っていました。そうはいったものの、桂は具合が悪くなってしまい、ろくに手入れもできていないままで、そこに置かれていることも、小雪は知っています。

まるで蟬の脱殻のような形で、椅子の背にぶら下がっているそれの方から、何とも嫌な匂いが漂ってきています。

小雪は鼻を蠢かせたまま、リュックの方をじいっとみつめました。

(何か嫌な臭いがするなとは思ってたの)

(でも……)

気のせいかな、とも思っていました。

何しろそのリュックは、草太郎お父さんのリュックです。優しくて大きな体で、小雪の背中をあたたかな手でなでてくれる草太郎さんのことを、このおうちの子どもたちと同じくらいに、小雪も大好きでした。その人のことを考えると、喉が鳴ってしまうくらいです。

なので、そのひとのリュックがそんなに妖しいものだなんて、思うことは難しかったのです。

（でも……）

小雪は、リュックを見上げました。

嫌な臭いは時間が経つごとにひどくなっていて、無視するのが難しくなってきていました。

小雪は後ろ足で立ち上がると、リュックサックのふたの辺りをくわえて、引っ張りました。

持ち上げて椅子からはずすには、小雪の体は小さかったので、リュックの中を見るには、引っ張って引きずり倒すしかなかったのです。なるべくそっと倒そうとしたのですが、やはり椅子が倒れたのですから、そこそこ大きい音がしてしまいました。そもそも、掛け布団の上に倒したので、桂が起きてしまいました。

「どうしたの、小雪？」

驚いたように、桂が身を起こしました。

リュックの中に入っていたものが、ふたがあいたはずみで、ばらばらと布団と畳の上に散っていました。

「こら、いたずらしちゃだめじゃないか」

小雪は少しだけ肩をすくめました。

そこにあったもののいくつかに、小雪は首をかしげました。壊れた木の箱のようなものがあります。割と大きな。そして、古びた小さな陶器の人形がころんと畳に転がっていました。小さな女の子の人形のようです。

「ああ、ここにいた」

桂が布団に手をついて立ち上がり、小雪のそばに来ると、そうっと、優しい手つきで、小さな人形を拾い上げました。

「こないだ山から帰ってきたときね、ロープウェイ乗り場の裏のところで、拾ったんだ。古いドールハウスとお人形だよ。誰が捨てたんだろうね。かわいそうに。こんなにかわいいのに」

　かわいい？

　その言葉に、小雪はまた首をかしげました。

　桂の手の中の人形は、まばらな金髪をしていました。人を食ったような赤い唇をして、目は見開いたような、青い目です。それが服の色なのか、青色に体が塗られていました。

　何より気持ちが悪いのは、人形の陶器の首には、まるでネックレスのように、ぐるりと丸くひびが入っているということでした。

　そのひびを、桂の指先が優しく撫でました。

「上手に接着剤で埋めてやれば、見た目はきれいになると思うんだよ。ドールハウスも、いまは壊れちゃってるけど、木でできているんだし、直そうと思えば直せるんじゃないかって思うんだ。茉莉亜お姉ちゃんに頼んで、きれいな布や紙を貰って、壁紙やカーテンにしようかな、と思ってるんだよ」

　かわいそうだったんだよ、と桂はいいました。

「滅多に人が来ないような、山の上の、ロープウェイ乗り場の裏の空き地にさ。ひとりぼっちでこの人形、壊れた家と一緒に落ちてたんだもの。見つけたときは雨に濡れてたし、ほんとうにかわいそうな感じだったんだ……。

そこ、ごみ捨て場みたいになっててね。団扇仙人掌があちこちにはえてたんだけど、仙人掌が教えてくれたんだ。その人形は、もうだいぶ前に、車でここにきたひとたちに、他のごみと一緒に捨てられたんだ、って。人形は長いこと、雨や雪に濡れながら、ひとりぼっちで、捨てた人たちが迎えに来るのを待っていたみたいだよ、って。でも誰も迎えに来てくれなかったんだってさ」

仙人掌も、昔に捨てられた観葉植物出身だったけど、いまは頑丈に育ったし、気楽だからここが好きだって笑ってたよ、と、桂は話を続けていました。けれど、小雪は何だか薄気味悪い感じがして、ただ桂の手の人形と、壊れた木の箱を見ていました。嫌な臭いはさらに強く立ちこめていて、小雪にはその臭いは木の箱と人形から立ち上るような気がして、けれど桂は何も感じないようなので、ただ鼻をひくつかせていたのでした。

その夜のことでした。

真夜中、桂の枕元で丸くなって眠っていた小雪は、嫌な気配に気づいて、すうっと目を覚ましました。

桂の呼吸が速いのが気になります。額にたくさん汗をかいて、とても具合が悪そうです。

小雪はそっと桂の顔をなめ、熱を持って熱い体に寄り添ってあげました。

ふと、小雪は誰かの足音に気づきました。

庭で誰かが走っています。

軽い、子どもの足音だと思いました。

いいえ、あれは走っているのではなく……。

（スキップしてるんだわ）

小雪は、大きな白い耳を立て、庭の方へと向けました。

真っ暗な真夜中の庭では、夏の夜風に吹かれて、草木がそよぐ気配があります。

そして、その中で、軽い子どもの足音が、はずむように響き、近づき、また遠ざかります。

小雪は、障子越しに庭を見ようとしました。

猫ですので、特に足音を忍ばせようとしなくても、音も無く障子に近づくことができました。

暗い闇がわだかまる庭で、小さな女の子がひとり遊んでいます。うさぎのようにスキップをくりかえしていました。庭でひとり、くるくると円を描いているようです。

小雪は猫の目を持っていますから、その子が暗闇にいても、姿を見ることができました。

その子は、金髪の巻き毛をなびかせた、青いワンピースを着た、青い目の少女です。歌でもうたいだしそうに唇を突き出して、まるで子馬がはねるような様子で、楽しげにスキップを繰り返していました。

――いいえ、その子はうたっていたのです。

くれよ、くれよ、と聞こえました。

くれよ、くれよ、ちょうだい、と。

小雪は、前足でそっと障子をあけて、縁側の前に行きました。夜は閉まっているガラス戸の向こうで、女の子はうたいながら、スキップを繰り返しています。真っ暗な庭で。

小雪は金色の目を輝かせたまま、桂が眠る布団のそばに戻りました。

庭を睨みつけて、思いました。

自分がここにいる限り、絶対に、あんなものはこのお部屋に入れないし、入ってこないだろう、と。いままで、ずっとそうしていたように。そうだったように——。

けれど——。

庭のスキップの足音が、ふと止まりました。

草を踏む足音が、まっすぐに、こちらへと近づいてきます。そうして、小さな足が庭石を踏み、縁側へと上がる気配がしました。

縁側を歩く足音がします。

足音は、子ども部屋の障子の前で立ち止まりました。

そして、「それ」は、すうっとお部屋の中に入ってきました。小雪がそこにいてもまるで気にならないというように。

「それ」は、桂が眠る布団のまわりを、くるくるとスキップしました。

くれよ、くれよ、と、ひとの耳には聞こえない歌をくりかえしながら。

桂は眠りながら、息苦しくなったように、咳き込みました。喉の辺りをかきむしるようにしています。

くれよ、くれよ、ちょうだい、とうたい上げると、「それ」は、ふいに身を屈めました。

畳の上に腹ばいになり、眠る桂の方を見ると、にいっと笑って、

「ちょうだい」とはっきりいったのです。

青い瞳を、薄暗いお部屋の中で、すうっと光らせながら。

小雪は「それ」に向かって、牙をむきだし、威嚇しました。

「それ」は楽しそうに笑いました。そうして、障子の向こう、庭に朝日が差すまで、くるくると布団のまわりを楽しげにはね続けたのでした。

夜が明けて、「それ」がいなくなった後。

小雪は、桂がそのてのひらに、あの古びた陶器の人形を握りしめていることに気づきました。まるで傷ついた人形を、そっとてのひらで包み込むことでいやしてやろう、守ってやろうというように、優しく握りしめてやっていたのです。

桂は眠りながら、まだ咳き込んでいました。首のまわりは、かきむしった跡で、真

っ赤になっていました。——まるで、その手にある陶器の人形の首に入っているひびのような、そんな様子で、痛々しく傷ができていました。

小雪は、そっと、桂の手から、陶器の人形を取り上げました。くわえて、お部屋から出ました。そして、廊下に出ると、いったん人形をそこに置き、ガラス戸の前で、かわいらしい声で、にゃあと鳴きました。

ちょうど桂の様子を見るために子ども部屋にこようとしていたらしい草太郎お父さんがそこに顔を出して、

「庭に出たいのかい？」

と、ガラス戸を開けてくれました。

小雪はにっこりと猫の笑顔でこたえました。

そして、草太郎さんが桂のお部屋に入っていった時には、小雪は人形をくわえて庭に出て、迷いもなく庭石の上に落としていたのです。

陶器の人形は首から割れ、粉々になりました。一瞬、人形がとても悲しそうな顔をしたような、苦しげな声を上げたような気がしました。

けれど、小雪はひげを軽く動かしただけ、金色の目で見下ろすように粉々になった人形を見ただけで、縁側から廊下へと駆け上がりました。桂のお部屋に走り込むと、最愛の子どもの枕元に滑り込み、その顔をなめました。

父親である草太郎さんに起こされたところだったらしい桂は、さっきまでの具合の悪さが嘘だったように、いまははっきりと目を開き、笑顔で小雪を抱きしめてくれました。

お部屋の中からは、あの淀んだ空気はなくなって、庭から吹き込む、夏の朝の草木の良い香りの空気がたちこめているのでした。

草太郎さんは、息子に朝ご飯を作るために、お部屋を出て行きました。

小雪はうとうととしている桂の肩の辺りに寄り添いながら、ふと思いました。

（あいつも寂しかったのかなあ）

（ひとがこないところに捨てられて、誰も迎えに来てくれなくて、さみしかったのかなあ）

一緒に遊んでくれる子どもが欲しかったのでしょうか？　友達が。家族が。

小雪は目をつぶり、桂のてのひらに自分の顔をこすりつけました。何度も何度も。

（でもだめよ。この子はあたしのものだもの）

ぎゅっとこすりつけました。

何千年もの昔から、猫とひととの間にある、これは神聖な誓いでした。

この子はあたしの大切なお友達。命に代えても大事に守り抜く、あたしの家族。

（あたしの大切な、王子様だから）

（だから誰にもあげないの）

庭からは蟬の声が、潮騒の音のように響いていました。

その声を聞きながら、小雪は何度も自分の頭を、桂のてのひらにこすりつけたのでした。

朝顔屋敷

八月十三日。

風早（かざはや）の街では、お盆になりました。

花咲（はなさき）家のおじいちゃん、木太郎（もくたろう）さんは、花の配達で、その日も忙しく働いていました。

お花屋さんの仕事にはお盆の休みはありません。むしろその日の前後には、亡き人に供えるための花の配達を頼まれることも多く、どうかすると、普通の日よりも忙しくなったりすることもあるのでした。

木太郎さんは、古い住宅街の路地を、首にかけたタオルで汗を拭きながら、急ぎ足で歩いていました。

昼下がり、いちばん熱い日差しが降りそそぐ時刻でした。その上、午後から夜にかけて（今夜はお通夜のあるお客様の家への配達の予定もありました）回る家々のルートを考えていたので、自分がどの辺りを歩いているのか、ふと忘れた瞬間がありました。

なので、いきなり目の前に現れた、濃い青色の花の波に気づいた時、

（ああ、この通りは……）

と、やっと気づいて、足を止めたのでした。

オーシャンブルー。見事な青色の琉球朝顔が、一軒の古い小さな家を包み込むように、緑色の葉を茂らせ、咲き誇っていました。

オーシャンブルーは朝顔の名をもって呼ばれていますが、古くから日本で栽培されている、一年草の早朝しか咲かない儚い花とは違って、昼までも咲き続けている花、宿根草で一度植えたらその根から何度でも葉を伸ばし、咲き誇る花でした。その名の通り、海の青色の花を、毎日数え切れないほどに咲かせ、どこまでも蔓を伸ばしてゆく、生命力の旺盛な植物でした。とても強い植物なので、庭に地植えしたら、特に水やりをしなくても、雨水だけで成長していくことができます。

「やあ、今年も見事に咲いたものだなあ」

木太郎さんは、目を細くしました。

この通りのこの家のこの花は、毎年、夏から秋、冬近くになるまでも、この家を見

事に包み込み、まるで海の青色の灯火のように、咲き誇るのでした。

木太郎さんに褒められたのが嬉しいのか、オーシャンブルーは、ふわりと風に吹かれたように、その葉を涼しげに揺らしました。

と、軒先まで葉と花に覆われたその家の玄関のガラスの引き戸がからからと開きました。

朝顔の模様のこぎれいなワンピースを着た、年老いた女性がひとり、すうっと顔をのぞかせました。

そのひとはどこか人待ち顔で、あたりを見回した後、高い空を見上げました。

そして、ふと、木太郎さんの視線に気づいたように振り返り、笑いました。

「あら、花咲さん。こんにちは」

古くからのお客様、内藤さんでした。このオーシャンブルーも、もとは、千草苑で売っていたひと株の苗が、かつてここに植えられ年を重ねてここまで見事に茂ったものなのでした。内藤さんの職業は洋裁屋さんです。昔から、この家で新しい布や古い布から、街中の人たちのかわいらしい洋服や小物を作り出してきました。センスの良い型紙を自由自在に起こせるというので、昭和の頃には特に、内藤さんの仕事には人気がありました。

「やあ。こんにちは」

木太郎さんは、首にかけたタオルをきちんとかけ直し、内藤さんに挨拶しました。

「花咲さん、お盆の配達の帰り？」

「そうです」

「今年も忙しいんでしょうねえ」

「はい。今年も。まあ、忙しいに越したことはないので……」

通夜のその枕辺に紫や白の花を置くことは、あまり嬉しい仕事ではありません。けれど、喪の場所に美しい花を飾ることも、花屋の大切な仕事でした。花は、楽しい場所、明るい場所だけにあるものではありません。悲しい時、誰かに別れを告げる時、ひとの傍らで咲いている——ひとの耳には聞こえない声で、弔いと慰めの歌をうたっている、そんな花たちを、飾り、見守るのも、木太郎さんの大切な仕事なのでした。

「よかったら、冷たいものでも」

夏の庭を通り抜ける風のような、優しい、涼やかな声で、内藤さんがいいました。

ずっと昔、木太郎さんはこの家にも、亡き人を弔うための花を配達に来たことがありました。白い百合と青いブルースター、霞草（かすみそう）に青のスターチスをあわせて。いくらかかわいらしい感じにしたのは、内藤さんの希望でした。両親を水の事故で亡くした幼い孫娘をこの家に引き取った内藤さんが、その子の気分が少しでも晴れるように、と頼んだ花だったからです。

（あれももう、遠い昔の話だなあ……）

その後も、お盆の時期に、この近くを通るたびに、木太郎さんはこの家に呼ばれ、冷たいものをいただいて帰ることがありました。思えば、このオーシャンブルー、海の色の青い花も、故人に供える花のつもりで、内藤さんは選ばれたのかも知れないのです。

孫娘をこの家に迎えてから、この花はここに植えられ、天上にいる少女の両親の魂を慰めるように、夏を迎えるごとに美しく咲き誇ったのでした。

（ああ、今年も、呼ばれてしまったなあ）

木太郎さんは、うっすらと微笑むと、タオルで額の汗を拭い、黙礼すると玄関に入りました。咲き誇るオーシャンブルーの花が、まるで門のように、玄関を覆っていました。

「寒ざらし、作ったんですよ。どうぞ」

内藤さんは、手作りらしい紙製の暖簾(のれん)をぱらぱらと鳴らしながら、台所からお盆を持って戻ってきました。

仏間で、古い笑顔の夫婦の写真が飾ってある仏壇に手をあわせていた木太郎さんは、

「ありがとうございます」

と、頭を下げました。回り灯籠の、優しいあかりが、部屋の中に影絵のように、色とりどりの光のかけらを散らしていました。懐かしい色合いの、光の流れでした。

「甘いものは夏の疲れに効くし、故郷のものですもの、つい作りたくなってしまって」

内藤さんは少し照れたように笑いました。

「田舎のものなんですけどね。今の時季はどうしても、昔を懐かしんでしまうのかしら。もう帰ろうにも実家はないんですけどね」

ふふ、と内藤さんは笑いました。

「面白いですねえ。孫は一度もわたしの故郷にはいったことがないはずなんですけど、

寒ざらしが大好きなんですよ。こんな、素朴な甘いだけのお菓子なんですけどねえ」

　ガラスの器に盛られたそれは、透明で冷たく甘いシロップに、氷が浮かび、白く丸い団子が沈んでいるものでした。シロップは蜂蜜とざらめの味。甘くて素朴な、夏のお菓子です。長崎は島原のものだと、木太郎さんは内藤さんから昔に聞いたことがあります。

　目礼し、銀のスプーンで、白玉団子をすくって、美味しく木太郎さんはいただきました。内藤さんは自分はにこにこと笑ったまま、木太郎さんが食べる様子を楽しげに眺めています。

「今日、久しぶりに孫が帰ってくる予定なんです。ええ、お盆休みなんですよ。ちょっと多めに作っておいて良かったわ」

　木太郎さんはうなずきました。ほがらかに内藤さんは言葉を続けます。

「亜矢（あや）ちゃんは、優しいけれど、ちょっと内気なところがあるから、どんなお仕事を選ぶのかしらと心配していたんですけど、ちゃあんと自分の好きな、実力を発揮できるお仕事に就けて良かったなあって」

　子どもの頃、海辺で育った孫娘は、海と泳ぐことが何よりも好きで得意、やがてスキューバダイビングの指導員の資格を取り、いまでは生徒さんたちと一緒に、世界の海に出かける旅人になったのでした。

この家には、その孫娘が撮影したという、青い海と空の写真がたくさん飾ってありました。家を覆って咲くオーシャンブルーの青い花のことを思うと、この古い小さな家は、家の内も外も、海と空の青色に包まれているといえないこともありませんでした。

一面の青い写真の中に、美しく日焼けした、丈高い若い娘の笑顔の写真がありました。生徒たちなのか友人たちなのか、たくさんのひとの輪の中で、白い歯を見せて笑っています。背景には真っ青な空と、真っ青な海が広がっていました。

お盆を胸元に抱えて、内藤さんは瞳をきらきらと輝かせました。

「ええ、孫娘はほんとうに毎日幸せそうなんですよ。大好きなことを仕事にできて、文字通り水を得た魚みたい。その分、なかなか日本のこの家では一緒に暮らせなくなりましたけど、それももう、ねえ。おとなになったら仕方のないことだって、娘や息子たちとたまに話すんですよ」

内藤さんは、優しげな眼差しで、仏壇を見ました。

「いってらっしゃいって、玄関から見送った以上、どこへ行こうとその旅立ちを祝福してあげなくてはね、って。わたしはここであの子の幸せと無事を祈って、そうして、たまにあの子が帰ってくる時には、好物でも作って待っていてあげたらいいのよね、って。

亡くなった、あの子の両親の分もね」

三人分、お帰りなさいをいってあげるのよ、と、内藤さんは笑いました。

古い柱時計が、静かに三時を知らせました。少しだけ気を揉むように、内藤さんは畳の上から腰を浮かせました。

「あら、飛行機、とっくに空港に着いた時間のはずなのに……」

その表情が、ふうっと曇りました。

「何かあったわけじゃあないですよね。……いやだわ。わたしこの頃、夢見が良くなくて」

「夢見ですか？」

「ええ。歯が抜ける夢を見るんです。あの子の両親が事故で死ぬ前も、同じ夢を何度も見たものだから、どうしても気になっちゃって」

木太郎さんは、静かに微笑みました。

「大丈夫ですよ。悪い夢は誰かに話せば晴れるといいます」

「ああ」

内藤さんの表情が柔らかくほころびました。

「花咲さんに、いまこうしてお話ししたから、もうきっと大丈夫ですね。よかった」

「いえ」

木太郎さんは、頭を下げて、立ち上がりました。

「きっとそろそろご帰宅されますよ。わたしもそろそろおいとましなくては……」

次の約束の時間が迫っていました。一度店に帰ることを考えれば、もうそろそろここを出なくてはなりません。

木太郎さんは、寒ざらしが入っていたガラスの器を眺めました。音も無く回る、回り灯籠を眺めました。光で描かれた蓮の花が、ゆらりと部屋中に、光の花びらを散らしていました。

「名残惜しいですが」

「いつでもお越しくださいな」

内藤さんは、いつも通りの品の良い笑顔でいいました。

よく磨かれた木の廊下を歩き、玄関に着いた頃、からからと勢いよく、引き戸が開きました。

「おばあちゃんただいま」

お腹の底から出るような、元気の良い声でただいまをいったのは、あの写真に写っていた笑顔の孫娘でした。大きな四輪キャリーを手慣れた感じで操りながら、そこに立っています。目が輝いていました。祖母である内藤さんと面差しはまるで違いましたが、きらきらと輝く、明るい眼差しはよく似ていました。

「あら、お帰りなさい」

内藤さんは、まるで朝顔の花が、ほころんで咲いた瞬間のような、明るく優しい笑顔を浮かべました。

「さあさあ、寒ざらしを用意してあるのよ」

「え。ほんと?」

「ほんとほんと。よーく冷えてるから」

「わあい。もうずうっと食べたかったんだ」

おばあちゃんの寒ざらしを食べるためだったら、あたし、地の果て海の果てからでも、この家に帰ってくるよ、亜矢はいいました。

木太郎さんは、そっと微笑みました。

そして、二人の久しぶりの再会を邪魔しないように、そうっとその場を離れたのです。

「ああ、今年も内藤さんにあったなあ」

昼下がり、アスファルトの道で逃げ水が揺れる暑い道を、見事なオーシャンブルーの咲き誇る家から一歩ずつ遠ざかりながら、木太郎さんは、呟きました。

来た方を振り返ろうとはしませんでした。

「今年も、寒ざらしをご馳走になったなあ」

最後に、内藤さんと別れたのは、もう八年も前の夏、八月十三日でした。

内藤さんは孫娘の帰宅を待ちわびていて、通りかかった木太郎さんをねぎらって、孫娘のために作った冷たく美味しい寒ざらしを、ガラスの器に山盛りついでくれたのでした。

木太郎さんが思わず遠慮すると、

「いいのよ」と、あの日の内藤さんは笑いました。

「亜矢ちゃんには、夏休みの間、何回でも寒ざらしを作ってあげますもの。それにまた、この家に帰るたびに、あの子は寒ざらしを食べることができるんですものね」

けれど、実際には、孫娘はそのお盆休みに帰宅した後、もうオーシャンブルーが咲く、あの小さな家に帰ってくることはありませんでした。

お盆休みが明けて、また海外へ旅立つ暮らしが始まってすぐのことだったといいます。亜矢は、南の海で、生徒たちとともに沖へ流されて、一人だけ、行方不明になりました。

内藤さんは孫娘の帰還を待ち続け、三年目の冬、ひとりでひっそりと亡くなりました。寝ている間に、弱っていた心臓が鼓動を止めたという話でした。

その話を聞いた時、木太郎さんは思いました。

（内藤さんは、夢見ながら死んだのかなあ）

と。

オーシャンブルーは、秋を越えて、冬までもちらほらと花を咲かせます。時を超えて咲き誇る青い花に見守られて、孫娘がいつか帰る日を夢見ながら、内藤さんは、静かに眠ったまま、その命を終えたのかなあ、と。

不思議なことが起きたのは、その新盆の八月十三日のことでした。

たまたま、内藤さんの家の前を通りかかった木太郎さんは、オーシャンブルーの咲き誇るその家の玄関前で、もういないはずの内藤さんの姿を見たのです。

内藤さんは、その最後にあった夏と同じ会話を、木太郎さんと交わしました。

「花咲さん、お盆の配達の帰り？」

「はい、そうですが……」

「今年も忙しいんでしょうねえ」

そして、木太郎さんを家に招き入れ、寒ざらしをご馳走してくれ、孫娘の帰宅が遅いことを心配し、夢見が悪くて、と話したのです。

木太郎さんがそれをきいてくれたことで、夢見が晴れたと喜び、やがて、玄関には、孫娘の亜矢が立ち、ただいま、と叫ぶのでした。

その最初の年、玄関を出てすぐに、木太郎さんは、その家を振り返りました。

家の玄関は木の板が斜めに打ち付けられていて、開かないようになっていました。

引き戸のガラスはあちこちひびが入り、割れたところもありました。そこからのぞく家の中は薄暗くしんとして、ひとの生活の気配はありませんでした。

そう――そこには、もはや住むひとなど、誰もいないはずだったのです。

内藤さんが亡くなった後、親戚はもう絶えていなかったという内藤さんの家を継ぐひとは誰も現れず、青い花の波に包まれた小さな古い家は、そのままの姿で、ひっそりと街に残ったのでした。

おそらくは、柱時計ももう電池がつきて、時を告げるのをやめ、電気もガスも止まったままの家の中では、埃（ほこり）と時間が静かに降り積もっていっているのだろうな、と、木太郎さんはたまに思います。ただ、青い朝顔だけが、昔と変わらないままに、見事に咲き誇り、暖かい季節が巡ってくるごとに、青い花の波で、家を覆い尽くすのでした。

そして二度、三度。

八月十三日に、その家のそばを通るたびに、木太郎さんは、内藤さんに優しく呼び止められ、甘く冷たいお菓子をご馳走になり、やがて帰ってくる孫娘をともに迎えることを繰り返すのでした。

青い花に包まれた、古い小さな家で。

今年もまた、寒ざらしをご馳走になった木太郎さんは、静かに微笑みを浮かべ、額の汗を拭きながら、店への道を辿ります。

そしてもう何度目かで思うのでした。これもまた、ひとつの魔法なのかも知れないな、と。

街の片隅で、平凡に、でも真っ当に孫娘の幸せを祈って生きてきた、ひとりの年老いた女性が、もう一度孫娘に会いたいと願った気持ち。遠い南の国の海で命を落とし、でもきっとその瞬間まで、優しい祖母のところに帰りたかったろう、孫娘の気持ち。

そして、そのふたりの毎日を、ひとには通じない言葉でいつもきっと優しくささやきかけながら、見守り続けてきた、オーシャンブルーの花たちの祈りが。

年に一度、八月十三日の、その午後がくるたびに、ひっそりとその幸せな時を再現し、巻き戻していたのかも知れないな、と。

この家が最後に一番幸せだった日々の、その時間を。

(わたしの花咲の力も、少しは関係していたのかも知れないなあ)

木太郎さんは、そっと自分のてのひらを見ました。刻まれた無数の皺(しわ)の間に、もう洗っても落ちないほどに、土の色が染みこんだ、この手。植物と語らい、その謎めいた魔法の力を引き出す能力を、先祖から受け継いだ、不思議な緑の指。

(そして……)

あるいは、祖母と孫の魂は、世界の果てのどこかから、実際に帰ってきているのかも知れないな、と、木太郎さんは思います。

「だって、今日はお盆だからね」

魂が故郷に帰る夜なのです。

年に一度、ふたりの魂はどこか遠い世界から、はるばるとこの小さな古い家に帰ってきて、ひととき、幸せな時間を過ごすのかも知れません。孫の帰還を待ち続けていた祖母は、孫を迎えることができ、祖母のもとに帰ろうと思っていた孫は、遠い海の彼方から、年に一度、この日だけは帰ってくるのかも知れない。

「お盆、だからねえ」

木太郎さんは、もう一度、呟きました。

きっとこの先も、この家がこの地に残る限り、八月十三日が巡ってくる限り、この小さな家の中では、祖母と孫が年に一度の再会を繰り返し続けるのかも知れないな、と、木太郎さんは思いました。

海の波のような、青い花の波に包まれて、人知れず、魔法が蘇り続けるのだろうな、と。

住むひとのいなくなった、街のひとたちに少しずつ忘れられてゆく家で。

木太郎さんは立ち止まり、来た方を振り返りました。青い花の波に包まれた小さな家は、青く燃える、灯火のように見えて——。

木太郎さんは、わずかの間、目を閉じ、黙礼すると、その場を立ち去ったのでした。

エピローグ　～薔薇(ばら)に朝露の光ありて

「あら、またあのお客様、いらしてるわ」

花咲家の長女茉莉亜は嬉しくなりました。

今日は十月三十日、ハロウィンの一日前の水曜日、夕方にラジオの仕事があった日でした。花咲家の代々続く職業は花屋、ここ数年は茉莉亜がカフェも営むようになっていますけれど、古い洋館の広々とした花屋の中に、地元FM局のブースも今はあり、茉莉亜は週に二度、そこで漫画家の有城先生と一緒に、夕方のラジオ番組を担当しているのでした。

金魚鉢のようなガラスのブースの中をかたづけて、FM風早の人たちと漫画家の先生を店の外まで見送って、さて、と、厨房に行こうとしたときに、いつの間に来てくださっていたのやら、そのお客様がカフェの座席に腰を下ろしているのに気づいたのでした。いつもそうしているように、床についたステッキに両手を重ねて置いて、店の花や緑に包まれながら、笑顔でこちらを見ています。

黒い服に黒い靴、黒いつばのない帽子、と、どこか神父様のような雰囲気の、柔らかい笑顔の年かさの男性です。年齢はちょっとわかりません。眼鏡の奥の灰色の目は澄んでいて、ときどきいたずらっぽそうに光る感じは、実はまだ若い方のようにも見えますし、時折、うつむいて何を思うのか自分のしわだらけの手を見ていたりするその表情は、もはや疲れ果てて、死が近い人のようにも見えるのです。

「申し訳ございません」

茉莉亜は軽い急ぎ足で、そのお客様のそばに行きました。

「長くお待ち戴いていたのでしょうか？　ありがとうございます。今日はご注文は、何にいたしましょうか？」

「いや、今来たばかりだから。カプチーノを頼もうか。お砂糖は二つ、甘めでね」

どこの国の方なのかはわかりません。とても流暢(りゅうちょう)な日本語を話す方でした。特にご自分の素性を語られたこともないですし、お名前をうかがったこともないのです。

（大学の先生か何かなさってるのかしら？）

他のお客様たちと、外国語で会話なさっているのを何回か拝見したことがありました。それも、ひとつの国の言葉ではありません。あるときは中国語、あるときはドイツ語、そしてフランス語。英会話は当たり前のように、たしなまれているようでした。

そうして他のお客様と会話なさっているところを拝見していると、料理から推理小説に至るまで、多趣味で何にでも詳しいようなのです。それでいて、出過ぎず聞き上手で、他のお客様たちの話に笑顔で耳を傾けていて。

（大学の先生か、あるいは……）

小説家か、ジャーナリストでしょうか？

もう何回目かで、茉莉亜はそのお客様の職業について考えました。

（やっぱり何かを研究するか、本を読んだり書いたりするような方だと思うわ）

茉莉亜は自分の父親のことを思い浮かべました。草太郎さんは植物園の広報部長ですが、もとは研究者で植物学の博士号を持っています。父や父の学生時代の友人たちと、あのお客様は、雰囲気がどことなく似ていました。

そしてその方は、いつもどおりに熱い飲み物をゆっくりと楽しみ、ガラスばりの扉の冷蔵庫の中のきれいな花をあれこれと見繕おうとなさいました。

いつも花を買われるので、家にきれいなお土産を待つご家族がいらっしゃるのかと思っていたこともあるのですが、いつかの話のはずみで、ひとり暮らしでいらっしゃること、花は自分が楽しむためにいけているのだということを知りました。――でも、ペットか何かを飼われてはいるらしく、花をテーブルに置いていると、いたずらをされることもあるのだと笑っていたこともありました。

「野菜に飢えてるのか、食われちゃうんだよねえ。それとその気はないんだろうけど、翼が当たってしまうこともあるようでね。賢いくせに割と不器用な奴なんだよ。ひとりじゃあ留守番はさせられないなと思って」

お年を召しているのに、ひとり暮らしはさみしいでしょうし、大きな鸚鵡でも飼っているのかも知れないなあ、と茉莉亜は思いました。

優しげなトルコ桔梗を数本、咲いているものとまだつぼみのものと、お客様は選びました。それにデルフィニュウム、霞草、とお好みのものをそろえていって、お客様にお渡しするとき、茉莉亜は腕の中の花を見て、はっとしました。――青と白の花ばかり。とりあわせがまるで、死んだ方に供える花のようだと思ったのです。

「あの」茉莉亜はついいっていました。

「デルフィニュウムはキンポウゲの仲間で毒があるんです。同居の翼があるご家族、というかお友達がお花を食べるのでしたら、よくないのではないかと……」

「いやいや」と、お客様は楽しそうに笑って、

「人の言葉も解する奴なので、毒があるなら食べるなと話せば大丈夫だと思うんだよ」

そうして、お客様は茉莉亜が渡した花束を、目を細めて大切そうに抱きしめました。

茉莉亜は店の出口まで、お客様をお送りしました。ふと見上げると、空が曇っています。そういえば、と、自分がさっきラジオで読んだ天気予報を思い出しました。

「この週末は台風が来るんだそうですね」

「そうみたいだねえ」

「滅多にないような大型台風になりつつあるとか。風早の街あたりを直撃しそうだという予報が。……被害が少ないといいんですけど」

お客様はそうだね、と、うなずかれました。

「さっき番組の中でも予告しましたけれど、明日、木曜日はラジオの特番がある予定なんですよ。ハロウィンスペシャル、ということで、番組の時間をいつもより延長して、怖い話の特集をするんです」

十月の三十一日といえば、ハロウィン。お化けや幽霊が闊歩するような、そんな夜です。リクエストを受け付けながら、いつもより長い時間リスナーから怖い話を募る、そんな企画が立ち上がったとき、パーソナリティのうち、ダントツにホラー風味のあれやこれやに詳しかったのは、茉莉亜で、ちょうどいい茉莉亜の担当の木曜日のことでもあるし、そのまま担当して貰いましょうか、という流れになったのでした。

茉莉亜は笑いました。

「三十一日は、楽しみにしていたホラー映画のイベントがあって、特集がなければいくつもりだったんですけど、ライブ感覚のホラーも楽しそうだな、と思って、それはあきらめることにしました。明日が楽しみです。わたしのための番組みたい」

「そう」

「でも台風が直撃でもしたら特番なんてきっと中止です……」

「大丈夫だよ。台風はきっと来ないから」

お客様はにこにこと笑いました。

「茉莉亜さんはほんとうに、怖い話がお好きなんだねえ」

「はい」

子どもの頃から怖い話は好きでした。元々花咲家の不思議な力を持っているので、常に守られているようなもの、怖いという感覚が特に小さい頃はよくわかりませんでした。その上、生まれたときから元気で勝ち気な子どもだったので、男の子の先頭に立って冒険に出かけていったものです。母親であった優音さんが優しくて病弱な天使のような人で、その人の気を引きたかったり、反抗期で反発したかったりした、そのために彼女の嫌っていた、『怖いもの』の世界に敢えて踏み込んでいった、というところもあったのかもなあ、と大人になった今は思います。

それはそれとして、今の茉莉亜は心から、オカルトじみたものが大好きでした。見た目はなかなかの美人で風早の聖母、などという二つ名を持つ茉莉亜でしたが、殺人鬼も悪魔も吸血鬼も、お化けに妖怪も大丈夫。いつかリアルであってみたいなあ、なんて鼻歌交じりに思えてしまう大人になりました。

（幽霊はね、去年クリスマスにあったけど）

空を見上げて、ほんのりと茉莉亜は笑いました。あの人は空の上で元気でしょうか。

まだ台風はそこまで近づいていないはずなのに、風の音がそこはかとなく不気味でした。

「悪魔が歌でもうたっているような、そんな音で風が吹いていますね」

呟くと、お客様は楽しげに笑いました。

そして、

「実はね、明日はわたしの誕生日なんだ」

と、いたずらっぽい声でいいました。

「もう年齢も忘れるほど前に生まれたわたしだもの。今更誕生日など、どうでもいいのだけれど、さすがにその日に台風は嫌だねえ。なんとか消えて欲しいなあ」

「まあ、お誕生日なんですか」

茉莉亜は手を合わせました。そうして、ふと思いつき、

「ちょっと待っててくださいましね」

声をかけると、店の中に駆け込んでいきました。すぐに見事な一輪の赤い薔薇を持ってきました。イングリッド・バーグマン、良い香りのハイブリッドティーローズでした。まるで造花のように、形の美しい赤い薔薇です。

その薔薇を、茉莉亜は、お客様にそっと差し出しました。

「一日早いですけど、わたしからのお誕生日プレゼントです。お客様はいつもいらっしゃってくださるので。お誕生日のお部屋に飾るには、青い花と白い花だけの花束は、あんまりさみしすぎますもの」

赤い薔薇は、黒ずくめの服を着たお客様にとても似合いました。手渡された花は得意そうに、つんとすましてよい香りをさせていました。花を受け取るとき、何を思うのか、お客様は一瞬潤んだ目をして、茉莉亜をじっと見つめました。

ありがとう、と、低く穏やかな声でささやくと、お客様は赤い花を受け取り、そうして、商店街の煉瓦の舗道を、ステッキをつきながら、ゆっくりと歩み去って行ったのでした。

お客様――黒ずくめの服を着たその男は、学者でした。長い時間を、研究と思考を重ねながら、ひとり生きてきた男でした。

街外れ、港の近くの倉庫の群れの裏のあたりに、放置された建物の群れが連なる地区がありました。どれも昔に建てられた美しい木造や煉瓦造りの建築物だったのですが、耐震性に難があるというので、その地域の建物のどれもこれもが近いうちに取り壊され、いったんさら地にされた後で、いつか未来に建て直されることが決まっていました。

台風接近のせいで、波の音と風の音が不穏な感じで響き渡るそこには、人が立ち入らないようにロープが張ってありました。でもそれをまるで気にしないように、彼はロープを摑み、下をくぐり、中に入っていきました。

ゴーストタウンのようなその一角に、煉瓦造りの時計塔がありました。その建物の分厚い木の扉を彼は開け、中に入ると、床にある隠し扉の鍵を開けました。丸い金属の輪をつかみ、きしむ扉を開けると、下には暗闇が満ちていました。

何事か短い言葉を呟くと、彼の持つ杖の先に、青白い魔法の灯りが灯りました。そう、彼にはこの程度の魔法など、軽々と使うことができました。もう数百年もこの世界をさすらっている彼は、魔術師であり博物学者であり、また、偉大なる錬金術師でもありました。

彼は腕に抱いた青と白の花束と、一輪の赤い薔薇を見つめると、優しい表情になり、花びらをわずかも傷つけないようにと注意しながら、木の階段を一歩一歩降りていったのでした。

彼は老いていました。一歩降りるごとに、ふう、ふうと息が漏れます。そんな彼を心配して、彼が使役している、見えない風や火の精霊たちが、そっと彼の体を支えてくれました。ありがとう、と彼は礼をいいながら、長い付き合いの精霊たちだったけれど、そろそろこの精霊たちとも別れのときかな、と思いました。彼と精霊たちとの約束は、彼の死のそのときまでと契約で昔に決めています。

じきに訪れるだろう、彼の最期のとき、精霊たちは、風になり火花になって、自由に空へと舞い上がって行くことでしょう。

彼は目を細めました。この地上にひとりきり、長く生きすぎたと思っていましたが、見えない小さな精霊たちとの暮らしを、それなりに自分は楽しんでいたのかも知れないな、と思いました。——そして。

「あいつ」との暮らしも、楽しかったのかも知れない、と。

(少なくとも、孤独ではなかったな)

地下室には、大きく重い金属の扉がありました。中に入っているものが万が一にも外に出ないようにと、彼が用意した扉です。

鉄の扉の向こうでは、大きな石を引きずるような音と、重くゆっくりした足音が繰り返し繰り返し、続いていました。

「ただいま」

学者は、扉を開けました。

『遅かったな、人間』

雷が轟（とどろ）くような、低い唸り声がしました。闇が満ちたその部屋には、二つの大きな丸い目が浮かんでいました。てらりと白い物が光ったのは、そのものの口の中にある、大きく長い牙でした。

学者は手にした杖を宙に掲げ、部屋に光を灯しました。広々とした部屋の隅々にまで、魔法の光は行き渡り、牙を持つそのものは大きな翼で自分の目をかばいました。それは、ガーゴイル、あるいはガーゴイルの姿をした何者かでした。西洋の古い城の上にいる、あの石でできた翼ある魔物が、その部屋にいたのでした。

魔物は、その足に銀でできた足輪をつけていました。彼を使役する学者の命令に逆らうと、たちどころにその足輪が閉まり、痛い思いをすることになっていました。もう遠い遠い昔に二人の間で結ばれた契約の結果、そういうことになったのですが、自由を失う代償に、いつか学者が死ぬときは、その肉体も魂も、彼の好きにしていいということになっていました。

彼は古い時代に生まれた存在でした。人よりも古い存在である彼は、ある国では神としてあがめられ、またある国では魔神として恐れられました。化け物と呼ばれたこともあれば、悪魔と罵られたこともありました。

彼はあまりにも長い間生きてきたので、暇を持てあましていました。あまりにも強かったので、勝つことにも飽きていました。たぶんそんな彼の心の隙を衝いて、学者の手に落ち、その虜となることとなったのでした。

『人間よ、そろそろくたばるときが来たか』

「いいや、まだまだだな」

学者はにやりと笑いました。

そして、大きな古い机――いろんな実験器具や、本や書物が山と積まれた見事な細工の木の机の前にある椅子に腰を下ろすと、花束をそっと机に置きました。赤い薔薇を手に取り、椅子ごと振り返って、上機嫌な笑顔で、ガーゴイルに見せました。

「ほら、見事な薔薇だろう。誕生祝いに貰ったんだ」

『誰からだ？　こんなぶっそうなじじいに花を贈ろうなんて、物好きな奴もいたものだ』

学者は何も答えませんでした。ただ、しわが刻まれた顔で嬉しそうに微笑んだだけで。

この男がこんなに嬉しそうに笑うのを見るのは、初めてのような気がするなあ、と、ガーゴイルは思いました。

もう長い長い、数百年にもわたる日々を、共に過ごしてきたのに、と。

学者は、一輪の薔薇をじっと見つめていました。もう遠い遠い昔、彼がただの平凡な田舎の町の学者だった頃、彼の小さな娘が、やはり同じように、一輪の赤い薔薇を贈ってくれたことがあったのでした。その小さな白い手に、とげで傷つけた細かい傷をつけて。

「パパ、お誕生日、おめでとう」と。

若い父親だった彼は、小さな娘の前にひざまずき、姫君からそれを受け取るように、一輪の薔薇を大切に受け取ったのでした。

彼は幼い娘に訊ねました。

「もうじき来る君の誕生日に、パパは何を贈ればいいのかな？」

幼い娘は嬉しそうに身をよじりました。

そうして、考えて考えて、やがていいました。

「パパがおうちにいてくれればいいわ。それだけでもう何もいらない」

男は緩く首を振りました。

「この一輪の薔薇ほどに、美しく素晴らしい物には、お返しをしなくてはならないだろう？　さあ何を返そうか。長い時間をかけて考えることにしようか」

彼は素晴らしい学者になることが夢でした。この世のすべての学問を修め、黄金を作り出す賢者の石を手に入れ、錬金術師、あるいは魔法使いと呼ばれたいと、そんな希望を持っていて、その夢を叶えるために、世界中をさすらって、いろんな学舎の扉を叩き、教えを請うていたのでした。

世界の至る所で学んだ彼のその知識は、彼とその家族を豊かにしました。彼の住む田舎の町の人々の生活を守り、日々を幸せに送らせるための、力になりました。

より幸福に、よりみんなが楽しく生きられるように。彼は家族を愛していました。故郷の田舎町の人々を愛していました。

なので地上をさすらい続けました。より賢く、強くなるために。
そんな日々の果てに、遠い街でガーゴイルと出会い、自分の旅の道連れにすること
となったのでした。
けれど。長い長い旅の果て、久しぶりに故郷に帰り着いた学者を待っていたのは、
雑草の波に半ば覆われた、墓石の群れでした。
彼がいない間に、彼の故郷を嵐が襲い、そこにあった家々も人々も、そのすべてが
溢れた海に奪い去られ、平らにならしてしまっていたのでした。彼は草がぼうぼうと
生えるその荒野に座り込み、声を出さずに泣きました。墓石を埋め尽くすように茂り、
風に揺れる雑草を手に握りしめ、すべて引きちぎりました。
自分の得た知識と力は、一体何だったのだろうと思いました。魔法使いの錬金術師
のと、自慢してみたところで、たくさんの人々に尊敬されたところで、この故郷の小
さな町を守り抜くこともできなかった。家族や近所の人々を、誰ひとりとして救えな
かった。
荒野で彼はひとり泣き、そのそばに足輪をつけたガーゴイルが、静かに羽を畳んで、
寄り添っていたのでした。

「ああ、あの子に、誕生日のプレゼントをわたし損ねてしまったなあ」

学者は泣きました。「あの一輪の薔薇に釣り合う物をと考え続けて、パパは今も、思いつけないままなんだよ、マリア」

幼い娘の名は、マリアといいました。


それから学者は旅を続けました。もう帰るところがなくなったので、ガーゴイルと二人旅、終わりのない長い旅路を歩み続けたのです。学びながら知識を増やし続け、彼はそのうちに、年を取ることも死ぬことも恐れないですむようになりました。

そして彼は、あるときから、ひそかに通りすがりの町や村の人々のために、魔法を使うようになりました。流行病がありそうなら、それを防ぐようなまじないをかけます。井戸の水がよどんで涸れそうならば、再び美しい水がわき上がるように、水の精霊たちに語りかけ、降り続く雨のために裏山が崩れてしまいそうならば――ガーゴイルを使役して、文句をいわれながらも、山肌の形を整えさせました。

『魔族の王とも呼ばれた俺に、こんな馬鹿げた土木工事をさせるとは』

ガーゴイルは白く長い牙を噛み合わせ、文句をいいながら働きました。

でもその声も姿も、人間たちの目にとまることはありませんでした。人には見えない、姿を消して行動する、学者にもガーゴイルにも、そんな初歩的な魔法、眠りながらでも呪文を唱えられるような、まるでたやすいことだったからです。

かくして、通りすがりの学者とガーゴイルが、どんなにたくさんの村や町を救おうとも、人間たちの誰もそれに気づくことはなかったのでした。ただ、人々は天上の神々や天使に感謝して、そっと祈ったりしたのでした。

学者は、旅を続けました。二度と故郷に帰れなくなったことがわかっていて、でも旅路の果てに、いつか、海にさらわれた町に帰れるような気もしていました。

二度とあえないまま別れた幼い娘に、地上の果てで再会できるような気がすることもありました。

実際にはそれはただの妄想、そんなことは絶対にあり得ないとわかっていて、時に苦しみから唇を食い破るほどに噛みしめる夜もありながら、彼はガーゴイルと旅を続けました。

贈るべき誕生日のプレゼントを思いつけなかった娘に、さまざまな贈り物を用意する、そんな気持ちで、さまざまな善行を。

嵐にまかれ、海に飲まれ、恐ろしかっただろうそのときに、故郷を守れなかった悔恨の代わりに、今自らの手で救うことができる、目の前の村や町の人々の命を救いながら。

彼は旅を続けていたのです。

そして長い旅を続けて、彼はやがて、極東の小さな島国の、とある港町にたどり着きました。海と山に抱かれた形をしたその街は、どこかしら彼のなくした故郷の町と似ていました。

そして、ある日、駅前商店街を散歩していた彼は、古く大きな花屋の店先で、美しい薔薇たちが咲き誇っているのに目をとめました。そして、その花々の中に、まるで花の精霊のように佇み、微笑んでいたのは、失われた彼の娘に、どこか面差しが似た、丈高い、美しい娘でした。

花を買いがてら、名前を訊ねた彼に、娘は微笑んで、小鳥がさえずるような美しい声で、その名を口にしました。

マリア、と。

彼の失われた娘と同じ名を。

ああ、そうだ、と彼は思いました。

遠い昔に逝(い)ってしまったあの娘、あの幼い娘が成長していたら、こんな風に育っていたのかも知れないなあ、と。

背丈が小さく、手足が細くて、でも元気でじっとしていなかったかわいいマリア。

あの子がもし元気に生きていて、成長していたならば、すらりと白樺(しらかば)のように背が伸びて、ちょうど今ここにいる娘のように、自分と同じくらいの背丈に育ち、賢い目で、自分を見つめてくれたのかも知れないな、と。

彼は旅をやめ、この港町にしばらく腰を落ち着けることにしました。地下室に魔法の火を灯し、本を読んだり、ガーゴイルや精霊たちと思い出話や街の噂(うわさ)を語り合ったりしながら、のんびりと暮らしました。

そうしてこの街の人々を、ひそかに見守り続けたのです。不幸になる人が出ないように。夜中に道で転ぶ酔っ払いがいれば、無事に助けて家に帰らせてやり、いじめに苦しむ子どもがいれば、少しだけいじめっ子をこらしめてやったりもして。そんな風にして、学者は日々を生きるようになったのでした。

学者は、椅子の肘掛けにいつもよりも体を折って寄りかかりました。なんだか今日は体が重くて、まっすぐに身を起こしているのが、少しだけ辛（つら）かったのです。

（寝不足かな……）

ゆうべは朝まで、ガーゴイルとチェスを楽しみ、つい寝そびれていました。

何度勝負しても、ガーゴイルは勝てなかったので、そのたびに悔しがって吠えました。

賭けたのは、学者の小指や、耳たぶの柔らかいところ一切れ、など。何を賭けても、学者が負けるはずはありませんでした。ガーゴイルは賢いのですが、何しろ石でできていたので、こういった勝負事を楽しむには、いささか真面目すぎ、頭が固すぎたのでした。

学者は、ふふ、と笑いました。そうして一輪の薔薇をしみじみと見つめ、ハイブリッドティー独特の澄んだレモンのような香りを楽しみながら、そっと目を閉じたのでした。

学者が眠ったようなので、ガーゴイルはうう、と喉を鳴らしました。

退屈のあまり、ため息をついたのでした。

『おい、人間。寝てる暇なんてあるのか？　この街に、じきに嵐が来るのだろう？』

地下室の中にいても、ガーゴイルの尖った大きな耳は、不穏に吹き荒れる風の音を聞いていました。遠い場所の空の上で生まれ、こちらに向かって進んでくる、嵐の存在を石の肌が感じ取っていました。

『俺に、あの嵐をどうにかしろ、と命じなくていいのか？　めんどくさいけれど、俺も暇だし、むかつく契約はあるし、仕方ないから行ってやるぞ』

いつもの通りに、とガーゴイルは喉の奥で、いいました。

馬鹿でもろくてすぐに死んでしまう、そんな存在である人間たちを、この魔術師と組んで助けてやるのは、それなりに楽しい暇つぶしではありました。何しろ彼は、魔物であり、神。永遠と同じだけの生命を約束されてここにある存在です。たわいのない遊びだと思いつつも、人間たちの目を盗んでおこなう、ひとつひとつの行為が日々の楽しみでした。

『おい、早く』

声をかけても、学者はうなだれたまま、その口元に微笑みを浮かべたまま、目を開けようとしません。

ガーゴイルは大きな石の頭を傾けました。

疲れたのかな、と思いました。そうして、昨夜夜更かしさせたことを、少しだけ反省しました。石でできた自分とは違って、そういえば人間は眠るものだったと思い出したのです。ましてや学者はここ数年老いてきていました。それがガーゴイルの目から見ても、わかるほどになってきていたのです。おそらくは魔法によって寿命を延ばしたところで、しょせんは人間のうまれつき、彼のように永遠に生きられるというものでもないのでしょう。

『実際、長すぎる旅を続けてきたものな』

石の魔神は、長い舌を見せて、口を少しだけ開き、歪めました。それが彼の笑顔でした。

そして彼は、いつかその日が来たら、なるべく痛くないようにくってやろう、と心に誓ったのでした。魂も、その肉体も、そっとそっと柔らかく食(は)んでやろう。

『なぜって俺たちは――』

学者の方を振り返り、その先の気はずかしい言葉を口にしようとして、ガーゴイルは気づきました。

『おい、人間。おまえ、まさか、死んだのか?』

赤い薔薇の花を一輪その手に抱いたまま、学者はもう永い眠りについていました。

魂はいつの間にか、どこか遠い世界に行ってしまっていて、ただ安らかな微笑みを浮かべたその亡骸(なきがら)だけがそこにありました。

ガーゴイルは、石の喉をそらし、きしむような音の声を上げました。

『人間、勝手に逝くな』

長い爪の生えた手で、自分の石の胸を叩きました。『逝くな。俺に命じるんだ。いつものように。街を救え、と。人に見られるな、静かに人々の平和を守れ。幸せな日々が繰り返されるように。あたりまえでありふれた朝と夜の繰り返しが、今日も明日も続くようにするんだ、と、さあ、いつものように、命令しやがれ』

いつものように、と、石の魔神はささやきました。けれど、学者は動きませんでした。

ガーゴイルの石の目から、水がしみ出すように、涙が溢れ出しました。涙は石の頬を伝い、長い口を、胸元を、腕を黒く濡らして行きました。

　魔物はひとりきり、地下室で涙を流し続けました。学者の死によって解放された風と火の精霊たちが、風となり火花となって、かわいらしい笑い声と、すすり泣く声を同時に上げながら、地下室の中を駆け巡っていました。

『どうするんだよ、おい』

　ガーゴイルは弱々しく笑いました。

『人間、俺にこの街を守れと命令してくれよ。何も言わずに死んじまうなんてないだろう。魂を食い損ねたじゃないかよ、おい。なあ、契約はもう解除されちまったぞ。俺はもうどこへでも行けるんだぞ。この街なんか離れて。おい。じいさん、それでいいのか？

　嵐が来るぞ。大きな嵐だぞ。こんな街、吹きとばされてしまうかも知れないぞ』

　どう嘆いても、罵っても、懇願しても、学者は、彼の友人の魂はもう帰ってきてくれることはありませんでした。

　やがてガーゴイルは、畜生、と、口の中で呟くと、巨大な石の翼を広げ、地下室の床を蹴って、その天井へと羽ばたいていきました。

足につけた銀の輪が、粉々に割れて、輝きました。

やがて石の翼が天井に触れ、煉瓦造りの天井は乾いた粘土があっけなく砕けるようなもろさで、ばらばらと壊れました。ガーゴイルは外へ出て行きました。

煉瓦造りの古い建物は崩れ砕けてゆき、瓦礫は地下室へと降りそそぎました。ひとり眠っている学者のからだに、誰かがそっと永遠の毛布を掛けるような優しさで。

建物は崩れてゆきました。時計台の時計が、倒れてゆきながら、静かに時を告げました。

外は夜でした。きらめく街の夜景の上に、ガーゴイルは大きな石の翼を広げました。

街の灯りと、折しも昇ってきた満月の光に包まれて、空高く羽ばたいてゆくその姿は、街を守る黒い翼の天使のようでした。

はるかな沖の上空にわだかまる雨雲の方へ、ガーゴイルは羽ばたいてゆきました。

そして木曜日。ハロウィン。

夕方のラジオ番組、『トワイライト・ブーケ』特番のオンエア中の茉莉亜は、ガラスのブースの中で、天気予報を読み上げました。

花屋の大きな窓越しの、晴れた空を見上げながら。

「……その接近が心配されていた台風ですが、昨夜、海上で、消滅したそうです。なので、真夜中に少しだけ降った後に、急に良い天気になっちゃったんですね」

「消滅って、低気圧に変わった、とかじゃなくてですか？」

いつも一緒に番組で会話している、地元の人気漫画家の有城先生が、不思議そうに訊き返しました。

「ええ、わたしもなんだか不思議だったから、さっき風早の気象台に電話をかけて訊いてみたんです。『まるで大きな怪物にひとのみにされたように』台風は海上でいきなり消えてしまったんですって」

「へえ。そんなこともあるんですね」

「ねえ」

「今度の台風、上陸したら、数千軒もの家々に被害が出る恐れがありそうだっていわれてましたよね。それがまあちょうどいいタイミングで、ほどよく消えてくれましたねえ」

茉莉亜は頬杖をつき、うなずきました。

「ありがたいことに、魔法みたいに台風が消えてくれましたね。——でも、そんなのもこの街らしいというか、そんな神様が守ってくれてるようなこと、たまにある街だし」

「そうですね。天使か神様が、守ってくれたのかも知れませんね。被害がなくて良かった」

「ええ、ほんとうに」

茉莉亜はうなずくと、次にかける音楽のタイトルを確認しながら、目でカフェの方を探しました。

(今日はあのお客様、いらしてないのかしら)

誕生日だとせっかく知ったことだし、と、ゆうべ、小さなパウンドケーキを焼きました。

(喜んでくださるかな)

あのお客様のことを、茉莉亜は好きでした。時々自分に向けるまなざしが、まるで我が子に向けるように優しいから。そして気がつくと街の人々をそっと見守っているその表情が、まるで天使のように柔和だから。

この街のどこかで、大きな鳥と二人暮らしているだろう、その人に、小さなケーキくらい、自分が贈ってもいいだろうと思ったのです。

（きっと、喜んでくださるわよね？）

茉莉亜は微笑みました。

そして、音楽に乗って、リスナーからメールやファックスで送られてきた、怖かったりどきどきしたり、素敵だったりする、いろんな怖い話のあれこれを、軽やかな声で、紹介し続けたのでした。

（――神、そらに知ろしめす。すべて世は事も無し）

心の内で、そっと呟きながら。

街外れの、港のそばの倉庫の群れのそばの、街の人々から忘れられた、古い建物の群れのその中の。

崩れかけた時計塔の天井に、巨大な石の翼を折りたたんだガーゴイルは、ひっそりと佇んでいました。

地下室では、ひとりの老人が静かに眠っています。椅子の肘掛けに寄りかかり、一輪の赤い薔薇をその腕に抱き、微笑みを浮かべたまま、眠っているのです。

静かに、誰にも知られずに、二度と覚めない眠りを。

この作品は徳間文庫のために書下されました。
なお本作品はフィクションであり実在の個人・団体などとは一切関係がありません。

徳間文庫

花咲家の休日

2014年9月15日 初刷

著者 村山早紀
発行者 平野健一
発行所 株式会社徳間書店
東京都港区芝大門2-2-1 〒105-8055
電話 編集〇三(五四〇三)四三四九 販売〇四八(四五一)五九六〇
振替 〇〇一四〇-〇-四四三九二
印刷 製本 株式会社廣済堂

ISBN978-4-19-893888-8 (乱丁、落丁本はお取りかえいたします)